Mia Couto

Das Geständnis der Löwin

Mia Couto

Das Geständnis der Löwin

Roman

Aus dem Portugiesischen
von Karin von Schweder-Schreiner

Unionsverlag

Die Originalausgabe erschien 2012 unter dem Titel
A Confissão da Leoa bei Editorial Caminho, Alfragide.
Deutsche Erstausgabe

Die Übersetzung aus dem Portugiesischen wurde
vom SüdKulturFonds in Zusammenarbeit mit
LITPROM – Gesellschaft zur Förderung der Literatur
aus Afrika, Asien und Lateinamerika e.V. unterstützt.

Im Internet
Aktuelle Informationen, Dokumente, Materialien
zu Mia Couto und diesem Buch
www.unionsverlag.com

Vermittelt durch die Literarische Agentur Mertin,
Inh. Nicole Witt
© by Unionsverlag 2014
Rieterstrasse 18, CH-8027 Zürich
Telefon +41 44 283 20 00, Fax +41 44 283 20 01
mail@unionsverlag.ch
Umschlaggestaltung: Martina Heuer, Zürich
Umschlagbild: KimsCreativeHub
Druck und Bindung: CPI – Clausen & Bosse, Leck
ISBN 978-3-293-00476-4

VORBEMERKUNG

Im Jahr 2008 schickte das Unternehmen, in dem ich arbeite, fünfzehn junge Leute nach Cabo Delgado im Norden von Mosambik, wo sie als Umweltschutzbeauftragte seismische Bohrungen begleiten sollten. Zur selben Zeit wurden in der Gegend zum ersten Mal Menschen von Löwen angefallen. Innerhalb weniger Wochen kamen mehr als ein Dutzend Menschen ums Leben. Und in rund vier Monaten stieg die Zahl der Opfer auf zwanzig.

Unsere jungen Kollegen arbeiteten im Busch, schliefen in Zelten und bewegten sich zu Fuß von Dorf zu Dorf. Damit waren sie für die Löwen leichte Beute. Es mussten dringend Jäger zu ihrem Schutz entsandt werden. Und natürlich auch zum Schutz der dortigen Landbevölkerung. Wir rieten dem Erdölkonzern, die Sache selbst in die Hand zu nehmen und die Löwen, denen Menschen zum Opfer gefallen waren, zu erlegen. Man engagierte zwei erfahrene Jäger und schickte sie von Maputo nach Palma, wo die meisten Löwenangriffe stattfanden. Dort engagierten sie weitere ortsansässige Jäger. Die Zahl der tödlichen Opfer war inzwischen auf sechsundzwanzig gestiegen.

Die Jäger erlebten zwei Monate lang Frustration und Schrecken, täglich wurden sie um Hilfe gebeten, bis es ihnen endlich gelang, die Mörderlöwen zu töten. Doch hatten sie es auch noch mit anderen Problemen zu tun. Ständig wurde ihnen suggeriert, die wahren Täter seien Bewohner der unsichtbaren Welt, wo Gewehre und Kugeln nichts mehr auszurichten vermögen. Nach und nach wurde den Jägern klar, dass die Rätsel, vor denen sie standen, lediglich Symptome sozialer Konflikte waren, die zu lösen ihre Möglichkeiten weit überstieg.

Ich habe diese Situation aus nächster Nähe erlebt. Zahlreiche Besuche an dem Ort, wo sich dieses Drama abspielte, haben mich zu der Geschichte inspiriert, die ich hier, auf wahren Begebenheiten und realen Personen basierend, erzähle.

*Solange die Löwen sich nicht ihre eigenen
Geschichten ausdenken, werden in Jagdberichten
immer Jäger die Helden sein.*

Afrikanisches Sprichwort

Die Nachricht

Selig ist der Löwe, den der Mensch isst, und der Löwe wird Mensch werden. Und verflucht sei der Mensch, den der Löwe frisst, und der Löwe wird Mensch werden.

Thomasevangelium

Gott war einmal eine Frau. Bevor er sich weit von seiner Schöpfung zurückzog und als er noch nicht Nungu hieß, glich der jetzige Herr des Universums allen Müttern dieser Welt. Damals, in jener anderen Zeit, sprachen wir dieselbe Sprache wie die Meere, die Erde und der Himmel. Mein Großvater sagt, dieses Reich sei schon lange untergegangen. Aber irgendwo tief in uns steckt noch die Erinnerung an diese ferne Epoche. Erhalten haben sich Illusionen und Gewissheiten, die in unserem Dorf Kulumani von Generation zu Generation weitergegeben werden. Wir alle wissen zum Beispiel, dass der Himmel noch nicht endgültig fertig ist. Es sind die Frauen, die seit Jahrtausenden an diesem grenzenlosen Schleier weben. Wenn ihr Leib sich wölbt, kommt ein Stück Himmel hinzu. Umgekehrt schrumpft dieses Stück des Firmaments wieder, wenn sie ein Kind verlieren.

Vielleicht war das der Grund, warum meine Mutter Hanifa Assulua während der Beerdigung ihrer ältesten Tochter unentwegt die Wolken beobachtete. Meine Schwester Silência war das letzte Opfer der Löwen, die seit ein paar Wochen unser Dorf terrorisierten.

Weil sie verstümmelt war, legte man ihren restlichen Körper auf die linke Seite, den Kopf nach Osten und die Füße nach Süden ausgerichtet. Während der Zeremonie sah es aus, als tanzte unsere Mutter – unzählige Male beugte sie sich über einen von ihr selbst getöpferten Wasserkrug, besprengte die Erde ringsum und trat sie dann im selben Wiegeschritt wie beim Säen mit beiden Füßen fest.

Auf dem Heimweg von der Beerdigung gab es in den Augen meiner armen Mutter zu viel Himmel. Der Weg nach Hause dauerte nur wenige Schritte – der Familienfriedhof lag nicht weit vom Dorf. Hanifa legte am Fluss Lideia eine kurze Pause für das Reinigungsbad ein, während ich weiter hinten die Fußspuren verwischte, die zum Grab führten.

»Schüttelt die Füße ab, der Staub geht gern mit auf den Weg.«

Im heiligen Boden unseres Friedhofs zeigte ein neues Kreuz an, dass wir uns von Muslimen und Heiden unterschieden. Heute weiß ich: Wir legen auf die Toten eine Grabplatte, aber nicht aus Ehrerbietung. Sondern aus Angst. Wir fürchten, sie könnten zurückkehren. Mit der Zeit wird diese Angst stärker als die Sehnsucht.

Alle Angehörigen hielten sich an das Gebot: Für den Rückweg nahmen sie eine ganz andere Strecke als für den Hinweg. Trotzdem ging mir das Bild nicht aus dem Kopf: Silências Leichnam auf Schultern getragen, in weiße Tücher gewickelt, die wippten wie gebrochene Flügel.

Auf der Schwelle unserer Haustür sah Mutter das

Haus an, als machte sie ihm Vorwürfe: so lebendig, so alt, so zeitlos. Unser Haus unterschied sich von den Hütten der anderen. Es war aus Zement gebaut, hatte ein Wellblechdach und war mit Wohnzimmer, Schlafzimmern und Küche ausgestattet. Auf dem Fußboden lagen Teppiche, und vor den Fenstern hingen verstaubte Gardinen. Auch wir unterschieden uns von den übrigen Einwohnern von Kulumani. Vor allem meine Mutter Hanifa Assulua war anders, sie war assimiliert und die Tochter von Assimilierten. Auf dem Rückweg von der Beerdigung fiel mir auf, wie schön sie war. Selbst mit kahl geschorenem Kopf, wie es die Trauer verlangt, überstrahlte ihr Gesicht die Traurigkeit. Eine Weile sah sie mich an, als überlegte sie, wie sehr sie mich schätzte. Ich glaubte, in ihrem Blick läge mütterliche Zärtlichkeit. Das war ein Irrtum. Ein anderes Gefühl diktierte ihr die Worte: »Du wirst nie die Trauer einer Mutter erleben.«

»Bitte, Mama, ich habe gerade meine Schwester verloren«, sagte ich.

»Du wirst nie eine Tochter verlieren. Das hat Gott so gewollt.«

Damit drehte sie sich um. Nun barfuß, trat sie durch die Tür und ließ sich aufs Bett sinken. Man kann eine Tochter beerdigen, ja. Das hatte sie schon einmal getan. Doch solch ein Abschied geht nie zu Ende. Niemand verlangt mehr Aufmerksamkeit von einer Mutter als ein totes Kind.

Dann forderte mein Vater die Klageweiber auf, unser Grundstück zu verlassen. Er trat in das Dämmerlicht im Haus, beugte sich über seine Frau und fragte:

»Warum hast du dir die Haare abgeschnitten? Sind wir nicht Christen?«

Hanifa zuckte die Achseln. In diesem Augenblick war sie überhaupt nichts. Die Klageweiber waren verstummt, und sie konnte mit solch tiefer Stille nicht umgehen.

»Und was machen wir jetzt, Ntwangu?«

Wie alle Frauen in Kulumani sprach sie ihren Mann mit Ntwangu an. Er hieß Genito Serafim Mpepe. Aus Respekt nannte sie ihn jedoch nie bei seinem Namen. Wir waren assimiliert, ja, aber wir gehörten doch zu sehr zu Kulumani. Unsere Gegenwart war ganz und gar aus der Vergangenheit entstanden. Ihr Mann hatte sich jetzt an sie geschmiegt und sprach in ungewohnt sanftem Ton zu ihr, jedes Wort eine Wolke zur Reparatur des Himmels.

»Was wir jetzt machen? Jetzt, also ... jetzt, jetzt leben wir, Frau.«

»Leben, das kann ich nicht mehr, Ntwangu.«

»Niemand kann das. Aber das ist es, was unsere Tochter von uns verlangt: Wir sollen leben.«

»Erzähl mir nicht, was unsere Tochter verlangt. Du hast ihr nie zugehört.«

»Nicht jetzt! Sag das nicht jetzt, Frau.«

»Du hast meine Frage nicht verstanden: Was machen wir mit dem Teil von unserer Tochter, den wir nicht begraben haben?«

»Darüber will ich nicht sprechen. Lass uns schlafen.«

Auf einen Ellbogen gestützt, richtete sie sich halb auf. Die Augen weit aufgerissen wie eine Ertrunkene.

»Aber unsere Silência ...«

»Sei still, Frau! Hast du vergessen, dass wir den Namen unserer Tochter nie wieder aussprechen dürfen?«

»Ich muss es wissen: Welche Teile von ihrem Körper haben wir begraben?«

»Ich habe gesagt, du sollst still sein, Frau.«

Ein leichtes Zittern in seiner Stimme – wahrscheinlich kämpfte mein Vater mit inneren Dämonen. Er sah den noch tropfenden blutgetränkten Sack mit den sterblichen Resten seiner Tochter vor sich. Und wieder überkam ihn die Erinnerung, die sich nicht begraben ließ: das Durcheinander von Stimmen und Schreckensschreien, das ihn in der Nacht zuvor geweckt hatte. Genito Mpepe war über den Hof gegangen, er ahnte die Tragödie. Kurz zuvor hatte er gehört, wie die Löwen um das Haus schlichen. Und mit einem Mal hatten sich Löwengebrüll, Schreie und Wehklagen aufgelöst, die Welt war in Trümmer zerfallen, sein Inneres vollkommen entleert. Um so etwas vergessen zu können, darf man nie gelebt haben.

»Das Herz?«, fragte Hanifa weiter.

»Fragst du wieder? Habe ich nicht gesagt, du sollst still sein?«

»Haben wir das Herz begraben? Du weißt genau, was sie mit dem Herz machen ...«

Mein Vater atmete tief ein und betrachtete die alten Kleider, die unter der Decke hingen. Er fühlte sich nicht anders als die Kleidungsstücke, schlaff und kraftlos im Leeren. Die Stimme kehrte ihm zurück, nun sanft: »Du musst so denken: Für ein Kind gibt es kein Grab.«

»Ich will nichts hören, ich will hinaus.«

»Hinaus?«

»Ich will nachsehen, was von unserer Tochter noch hier im Busch liegt …«

»Nein. Du gehst nicht aus dem Haus.«

»Daran wird mich niemand hindern.«

Ja, sie wollte hinausgehen, dort suchen, wo es keine Menschenwege mehr gibt, sich die Füße blutig aufreißen, die Augen würden ihr in der Sonne brennen, aber sie musste nach dem suchen, was von Silência, ihrer für immer Kleinen, übrig geblieben war. Mein Vater stellte sich ihr drohend in den Weg: »Ich binde dich mit einem Strick an, so wie man es mit den Tieren macht.«

»Dann binde mich an. Ich bin schon seit Langem ein Tier. Du schläfst schon seit Langem mit einem Tier in deinem Bett …«

Damit war das Thema beendet. Hanifa schlang stumm die Arme um die Beine, als wäre sie zum Einschlafen bereit.

»Willst du auf dem Fußboden schlafen?«, fragte Genito.

Sie streckte den Körper auf dem Boden aus, legte den Kopf auf den Stein. Sie wollte dem Innern der Erde lauschen. Die Frauen von Kulumani kennen Geheimnisse. Sie wissen zum Beispiel, dass die Babys im Mutterleib sich zu einem bestimmten Zeitpunkt drehen. Auf der ganzen Welt drehen sie sich, einer einzigen, tellurischen Stimme gehorchend, um sich selbst. Dasselbe gilt für die Toten: In ein und derselben Nacht – und nur in dieser Nacht – erhalten sie die Anweisung, sich im Leib der Erde umzudrehen. Und dann leuchten über den Gräbern Lichter auf, ein Schwirren von silbrigem Staub. Wer mit dem Ohr auf dem Boden schläft, kann hören, wie sich die Toten umdrehen. Aus diesem Grund – Genito wusste davon nichts – lehnte Hanifa Bett und Kopfkissen ab. Sie lag auf dem Boden und horchte in die Erde. Schon bald würde ihre Tochter sich bemerkbar machen. Und vielleicht würden ihr sogar die Zwillinge Uminha und Igualita, die früher Verstorbenen, Botschaften aus dem Jenseits schicken?

Der Mann legte sich nicht hin, er wusste, dass ihn eine lange Nacht erwartete. Die Erinnerung an den zerfetzten Körper der Tochter würde ihn um den Schlaf bringen. Das Brüllen des Löwen würde in ihm nachhallen, seine schlaflosen Stunden zerreißen. Er verbrachte eine Weile auf der Terrasse und spähte in die Dunkelheit. Vielleicht brachte die Stille ihm etwas Ruhe.

Eine Frage quälte ihn: Wie hatte die Tragödie geschehen können? War die Tochter mitten in der Nacht aus dem Haus gegangen? Und wenn es so war, hatte sie ihrem Leben ein Ende machen wollen? Oder war umgekehrt der Löwe ins Haus eingedrungen, hatte sich also wie ein Einbrecher und nicht wie ein Raubtier verhalten?

Plötzlich zersplitterte die ganze Welt, verstohlene Schritte zerrissen die Stille im Busch. Genito wollte das Herz aus der Brust springen. Jetzt geschah das, was immer geschieht: Die Löwen kamen die Reste vom Vortag fressen.

17

Als wäre etwas in ihn gefahren, brüllte der Mann los und rannte im Kreis herum: »Ich weiß, dass ihr da seid, ihr Höllensöhne! Zeigt euch, ich will sehen, wie ihr aus dem Dickicht kommt, ihr seid Vantumi va vanu!«

Ich beobachtete vom Fenster aus, wie er in seiner wahnwitzigen Erregung die Raubtiere als Menschenlöwen beschimpfte, als Vantumi va vanu. Plötzlich sank er zu Boden, als hätte man ihm die Knie gebrochen. Langsam hob er den Kopf und sah, dass ihn dunkle Fledermausflügel umarmten. Kein Geräusch war zu hören, kein Blatt, kein Flügel raschelte über seinem Kopf. Genito Mpepe war ein Fährtenleser, er kannte sich mit den kaum wahrnehmbaren Spuren in der Savanne aus. So manches Mal hatte er zu mir gesagt: Nur die Menschen kennen Stille. Für alle anderen Lebewesen ist die Welt niemals still, selbst das Wachsen von Gräsern und Entfalten von Blütenblättern macht enormen Krach. Die Tiere im Busch leben nach dem Gehör. Das wünschte mein Vater sich in diesem Augenblick sehnlichst: ein Tier zu sein. Und fern von allen Menschen in seine Höhle zurückkehren zu können, weder Leid noch Schuldgefühl zu empfinden und einzuschlafen.

»Ich weiß, dass ihr da seid!«

Nun waren seine Worte nicht mehr hasserfüllt. Nur Heiserkeit ließ seine Stimme brüchig klingen. Unter wiederholten Beschimpfungen kehrte er zurück ins Haus und suchte Zuflucht im Schlafzimmer. Seine Frau lag noch immer auf dem Fußboden, so zusammengekauert wie vorher. Als er ihre Decke zurechtzupfte, klammerte sich Hanifa Assulua schlaftrunken an ihren Mann und rief: »Komm, wir lieben uns!«

»Jetzt?«

»Ja. Jetzt!«

»Du bist ganz durcheinander, Hanifa. Du weißt nicht, was du sagst.«

»Du lehnst mich ab, Mann? Du willst es nicht mal schnell mit mir machen?«

»Du weißt, dass wir das nicht dürfen. Wir haben Trauer, das Dorf wird beschmutzt.«

»Genau das will ich – das Dorf beschmutzen, die ganze Welt.«

»Hanifa, hör mir zu: Die Zeit wird vergehen, wir werden vergessen. Die Menschen vergessen sogar, dass sie lebendig sind.«

»Ich bin schon lange nicht mehr lebendig. Und jetzt bin ich auch kein Mensch mehr.«

Mein Vater sah sie befremdet an. So hatte seine Frau noch nie gesprochen. Eigentlich sprach sie fast nie. Sie war immer verschlossen gewesen, hatte sich im Schatten gehalten. Seit dem Tod der Zwillinge hatte sie kein Wort mehr gesprochen. Weshalb ihr Mann sie von Zeit zu Zeit fragte: »Lebst du noch, Hanifa Assulua?«

Doch ging es nicht darum, dass sie so wenig sprach. Das Leben überhaupt war für sie zu einer Fremdsprache geworden. Wieder einmal begab sich seine Frau in eine solche Geistesabwesenheit, dachte Genito und merkte im Dunkeln nicht, dass Hanifa sich auszog. Als sie nackt war, umarmte sie ihn von hinten, und Genito Mpepe ließ sich von der Schlangenzärtlichkeit übermannen. Er schien schon besiegt, da schüttelte er plötzlich die Frau ab und floh in den Innenhof. Dann verschwand er in der Finsternis.

In der Geborgenheit des Schlafzimmers gab meine Mutter sich kühnen Liebkosungen hin, als wäre ihr Mann in Wirklichkeit bei ihr. Dieses Mal bestimmte sie, ritt auf ihrer eigenen Kruppe, tanzte über dem Feuer. Sie schwitzte und stöhnte: »Mach weiter, Genito! Mach weiter!«

Da spürte sie den Schweißgeruch. Säuerlich und scharf, wie von einem Tier. Dann hörte sie das Knurren. Meiner Mutter kam der Gedanke, dass nicht ihr Mann über ihr war, sondern ein Tier aus dem Busch, das es nach ihrem Blut dürstete. Beim Liebesakt hatte Genito Mpepe sich in ein Raubtier verwandelt und verschlang sie buchstäblich. Von seiner Unersättlichkeit erdrückt, war sie wie gelähmt, ganz seinen Raubtiergelüsten ausgeliefert.

Ich bin verrückt, dachte sie, schloss die Augen und atmete tief ein. Als sie jedoch spürte, wie die Kralle ihr den Hals aufriss, schrie sie aus voller Lunge, sodass sie sekundenlang nicht wusste, ob vor Schmerz oder Lust. Mein Vater stürmte ins Haus, er ahnte nicht, was sich da abspielte. Seine Frau lief in entgegengesetzter Richtung durch die Tür, und Genito konnte nicht verhindern, dass sie kopflos hinaus auf den Hof rannte.

Hätte unsere Mutter bewusst entscheiden können, dann wäre sie weit weg geflohen, wäre endlos weitergelaufen. Aber Kulumani ist ein geschlossener Ort, eingeschlossen durch seine Geografie und geschwächt durch Angst. Noch einmal blieb Hanifa Assulua am Eingang zum Hof stehen, neben der Dornenhecke, die uns vor dem Busch schützt. Sie hob die Hände an den Kopf, führte sie über das Gesicht, als wischte sie Spinnweben weg: »Ich habe diesen Ort zerstört! Ich habe Kulumani zerstört!«

Und das würde man im Dorf dann sagen: dass Genito Serafim Mpepes Frau nicht abgewartet hatte, bis die Erde erkaltet war. Sex an einem Trauertag, während das Dorf noch erhitzt war – eine schlimmere Beschmutzung gab es nicht. Durch den Liebesakt an diesem Tag – und dazu noch mit sich selbst – hatte Hanifa Assulua alle unsere Ahnen beleidigt.

Als sie sich wieder hinlegte, schleppte meine arme Mutter die Last der Nacht, sie schwankte zwischen Schlaf und Wachsein. Frühmorgens hörte sie die schläfrigen Schritte von Genito Mpepe.

»Stehst du so früh auf, Mann?«

Unsere Mutter war jeden Morgen vor Sonnenaufgang auf den Beinen – sie sammelte Holz, holte Wasser, machte Feuer, bereitete das Essen, arbeitete auf dem Feld, knetete die Tonerde, das alles erledigte sie allein. Und nun teilte der Mann ohne ersichtlichen Grund die Last des Alltags mit ihr?

»Ich habe Neuigkeiten«, verkündete Genito Mpepe feierlich.

»Neuigkeiten? Du weißt doch, Ntwangu, in Kulumani ist es eine Neuigkeit, wenn eine Eule schreit.«

»Es kommen Leute. Leute von auswärts.«

»Leute? Richtige Leute?«

»Aus der Hauptstadt.«

Meine Mutter sagte nichts, sie überlegte verwundert. Der Mann dachte sich Sachen aus. Seit Jahrhunderten hatte es hier keine Neuigkeiten und keine Fremden gegeben …

»Seit wann weißt du das?«

»Seit ein paar Tagen.«

»Du weißt, dass das eine Sünde ist.«

»Was?«

»Nachrichten erfahren ist gefährlich, Neuigkeiten verbreiten ist eine Sünde. Glaubst du, Gott wird uns vergeben?«

Ohne eine Antwort abzuwarten, wedelte Hanifa mit den Armen, als wollte sie Gespenster vertreiben, und geriet dabei in das Laubwerk um sie herum. Sie fasste sich mit einer Hand an die Schulter und stellte fest, dass sie blutete.

»Was ist das, Ntwangu? Wer hat mich gekratzt?«

»Niemand. Das waren Dornen, die Dornen von der Akazie. Ich muss sie beschneiden.«

»Nein, das war nicht der Baum. Jemand hat mich gekratzt. Sieh dir meine Schulter an, das sind Krallenspuren, jemand hat mich mit Krallen gekratzt.«

Sie diskutierten. Aber beide hatten recht. In ihrem Dorf hatten selbst die Pflanzen Krallen. In Kulumani ist alles, was lebt, im Beißen geschult. Die Vögel knabbern am Himmel, die Äste zerfetzen die Wolken, der Regen frisst die Erde, die Toten setzen ihre Zähne ein, um sich an ihrem Schicksal zu rächen. Hanifas Augen starrten suchend in den Busch. Auf ihrem Gesicht lag der Ausdruck einer verängstigten Gazelle.

»Da ist einer in der Dunkelheit, Ntwangu.«

»Beruhige dich, Frau.«

»Da ist einer, der hört uns zu. Komm, wir gehen ins Haus.«

Das erste Tageslicht brach an – bald schon würde man ohne Hilfe der Petroleumlampe durchs Haus gehen können. Noch aber flackerte oben auf dem Schrank der Xipefo. Auf einmal hatte Hanifa wieder das schöne Gefühl, sie habe in der Küche einen Mond. Wenn ihr schon die Sonne versagt war, blieb ihr doch ein mondbeschienenes Dach über dem Kopf. Sie fasste Mut und nahm sich vor, ihren Mann laut und deutlich herauszufordern: »Ich will hier keinen von deiner Verwandtschaft mehr sehen. Heute kommen sie angelaufen und sprechen ihr Beileid aus. Morgen, wenn ich Witwe bin, kommen sie noch schneller angelaufen, um mir alles wegzunehmen.«

Aber sie sagte nichts. Sie betrachtete sich ja schon als Witwe. Nur musste Genito Mpepe noch selbst begreifen, dass er nicht mehr da war.

»Mann, sind das richtige Leute, die da kommen wollen?«

»Ja.«

»Bist du sicher?«

»Echte Leute, Menschen von Geburt. Einer davon ist ein Jäger.«

Der Eimer fiel ihr aus der Hand, das Wasser lief in den Hof. Der Besen in Hanifas Hand war jetzt ein Schwert zur Abwehr von Dämonen.

»Ein Jäger?«, fragte sie flüsternd.

»Ja, er ist es, genau der, an den du denkst, der Mulatte.«

Für einen Augenblick rührte Hanifa sich nicht. Dann packte sie Entschlossenheit: Sie schlüpfte in die Sandalen, bedeckte den Kopf mit einem Tuch und erklärte, sie gehe.

»Wo willst du hin, Frau?«

»Ich weiß nicht, ich werde tun, was du nie getan hast. Ich gehe zur Landstraße, lauere ihm da auf, ich will diesen Jäger umbringen. Der Mann darf nicht nach Kulumani kommen.«

»Sei vernünftig, Frau. Wir brauchen ihn, damit die verdammten Löwen getötet werden.«

»Kapierst du nicht, Ntwangu? Dieser Mann wird mir Mariamar wegnehmen, er wird meine letzte Tochter in die Stadt mitnehmen.«

»Willst du lieber, dass Mariamar von Löwen umgebracht wird?«

Seine Frau antwortete nicht. Lieber wollen, das Wort taugte für sie nicht. Wer nie gelernt hat, etwas zu wollen, kann der etwas lieber wollen?

»Wenn du mich jetzt nicht gehen lässt, Mann, dann schwöre ich dir, ich laufe weg.«

Ihr Mann packte sie an den Handgelenken und stieß sie gegen den alten Schrank, sodass die Petroleumlampe herunterfiel. Hanifa sah ihren kleinen Mond in bläulichen Flammen auf dem Küchenfußboden zerrinnen.

»Ich muss diesen Mulatten aufhalten«, seufzte sie besiegt.

Da beschloss ich, einzugreifen und meine Mutter zu verteidigen. Als mein Vater mich aus dem Halbdunkel treten sah, flammte seine Wut doppelt auf – er hob den Arm, bereit, sich als Herr der Lage durchzusetzen.

»Willst du mich schlagen, Vater?«

Er sah mich verblüfft an – immer wenn mich Zorn packt, flackert Weißglut in meinen Augen. Genito Mpepe senkte den Kopf, er hielt meinem Blick nicht stand.

»Weißt du, wer den Jäger bestellt hat?«, fragte ich.

»Das wissen alle, es waren die vom Projekt, die von der Gesellschaft«, antwortete mein Vater.

»Stimmt nicht. Die Löwen, die haben den Jäger bestellt. Und weißt du, wer die Löwen bestellt hat?«

»Darauf antworte ich nicht.«

»Ich war es. Ich habe die Löwen bestellt.«

»Ich will dir jetzt eins sagen, und hör gut zu«, erklärte unser Vater verärgert. »Sieh mich nicht an, wenn ich spreche. Oder hast du jeden Respekt verloren?«

Ich senkte den Blick, wie es die Frauen in Kulumani tun. Und ich wurde wieder zur Tochter, während Genito seine Autorität, die ihm für einen Moment entglitten war, zurückgewann.

»Du bleibst hier im Haus, wenn dieser Jäger eintrifft. Verstanden?«

»Ja.«

»Solange diese Leute sich in Kulumani aufhalten, steckst du nicht die Nase aus der Tür.«

Im Raum wurde es wieder still. Meine Mutter und ich setzten uns auf den Fußboden, als gäbe es keinen anderen Platz mehr in der Welt. Ich berührte sie an der Schulter, wollte sie etwas trösten. Sie wich aus.

Im Nu war die Ordnung der Welt wiederhergestellt: wir, die Frauen, auf dem Fußboden; unser Vater, der hin und her lief, aus der Küche und in die Küche, sich als Gebieter über das ganze Haus präsentierte. Wir richteten uns wieder nach diesen Gesetzen, die weder Gott lehrt noch der Mensch erklärt. Plötzlich blieb Genito Mpepe mitten im Raum stehen, breitete die Arme aus und verkündete: »Ich weiß, was die Lösung ist: Wir lassen den Mulatten herkommen und die Löwen töten. Aber dann lassen wir ihn nicht mehr weg.«

»Willst du ihn umbringen?«, fragte ich ängstlich.

»Bin ich einer, der Menschen tötet? Du, du wirst ihn umbringen.«

»Ich?«

»Die Löwen, die du gerufen hast, die werden ihn töten.«

TAGEBUCH DES JÄGERS

I

Die Ankündigung

*Es gibt nur eine Möglichkeit, einem Ort zu
entkommen: indem wir aus uns selbst herausgehen.
Es gibt nur eine Möglichkeit, aus uns selbst heraus-
zugehen: indem wir jemanden lieben.*

Den Aufzeichnungen des Schriftstellers
heimlich entnommen

Es ist zwei Uhr nachts, aber ich kann nicht einschlafen. In wenigen Stunden wird das Ergebnis der Ausschreibung bekannt gegeben. Dann werde ich erfahren, ob ich für die Jagd auf die Löwen von Kulumani ausgewählt worden bin. Ich hätte nie gedacht, dass mich dieses Verfahren so aufregen würde. Ich müsste so dringend schlafen! Es geht mir nicht ums Ausruhen. Ich möchte weg von mir selbst. Schlafen, so als existierte ich nicht.

Inzwischen ist es fast Morgen, und ich kämpfe immer noch mit den Laken. Mein einziges Leiden ist dies: Schlaflosigkeit, unterbrochen von kurzen Schlafphasen, aus denen ich immer hochschrecke. Kurzum, ich schlafe wie die Tiere, die ich von Berufs wegen verfolge: in schreckhafter Wachsamkeit, wie alle, die wissen, dass zu geringe Achtsamkeit verhängnisvoll sein kann.

Um den Schlaf zu locken, greife ich zu demselben Hilfsmittel, mit dem meine Mutter uns zum Einschlafen brachte. Ich denke an ihre Lieblingsgeschichte, eine Sage aus ihrer Heimat. Sie erzählte uns:

»In alten Zeiten gab es nichts als Nacht. Und Gott hütete die Sterne am Himmel. Wenn er ihnen mehr zu essen gab, wurden sie dick, und ihre Bäuche platzten vor Licht. Damals aßen alle Sterne, und alle leuchteten mit gleicher Freude. Die Tage waren noch nicht geboren, und deshalb ging die Zeit nur auf einem Bein. Und alles am unendlichen Firmament war so langsam! Bis in der Herde des Hirten ein Stern geboren wurde, der größer sein wollte als alle anderen. Dieser Stern hieß Sonne, und schon bald bemächtigte er sich der himmlischen Gefilde und vertrieb die anderen Sterne, worauf diese an Kraft verloren. Zum ersten Mal gab es Sterne, die leiden mussten und so schwach wurden, dass die Dunkelheit sie schluckte. Die Sonne spazierte immer prächtiger umher, stolz auf ihre Besitztümer und ihren großen Namen. Dann erklärte sie sich zur Herrin über alle Himmelsgestirne und gebärdete sich hochmütig als Mittelpunkt des Universums. Schon bald verkündete sie, sie selbst habe Gott erschaffen. Tatsächlich aber war zusammen mit der so gebieterischen, riesigen Sonne der Tag geboren. Die Nacht wagte sich nur in die Nähe der Sonne, wenn diese ermüdet war und sich zur Ruhe begab. Seit es den Tag gab, vergaßen die Menschen die endlose Zeit, als alle Sterne gleich glücklich gefunkelt hatten. Und sie vergaßen die Lehre der Nacht, die immer Königin gewesen war, ohne jemals herrschen zu müssen.«

So lautete die Sage. Vierzig Jahre später wirkt diese mütterliche Gutenachtgeschichte nicht mehr. Schon bald werde ich erfahren, ob ich wieder in den Busch reise, wo die Menschen alle Lehren vergessen haben. Es wird meine letzte Jagd sein. Und wieder klingt in mir die Stimme nach, die ich als allererste gehört habe: »*Und alles am unendlichen Firmament war so langsam!*«

Frühmorgens, nachdem ich kaum geschlafen habe, mache ich mich fertig, um zur Zeitungsredaktion zu gehen, zwei Straßenblocks von meiner Wohnung entfernt. Doch bevor ich das Haus verlasse, hole ich mein altes Gewehr aus dem Schrank. Ich lege es mir über die Beine, meine Hände betasten es zärtlich wie ein Geiger sein Instrument. Mein Name ist in den Kolben eingraviert: Arcanjo Baleiro – Jäger. Mein alter Vater wäre stolz darauf, dass sich die Familientradition in mir fortgesetzt hat. Und dieser Tradition haben wir auch unseren Namen zu verdanken: Wir sind die mit den Kugeln, den Balas, die Baleiros.

Ich bin Jäger, ich weiß, was es bedeutet, eine Beute zu verfolgen. Dabei bin ich mein Leben lang selbst der Verfolgte gewesen. Ein Gewehrschuss verfolgt mich seit meiner Kindheit. Dieser Schuss hat mich vor vierzig Jahren endgültig aus dem Reich des Schlafs gerissen. Ich war ein kleiner Junge und schlief so, wie nur Kinder schlafen können. Der Knall zerfetzte die Nacht und die Welt. Ich weiß nicht, wie ich damals ans andere Ende vom langen Flur gekommen bin – meine kleinen Füße waren auf dem Boden wie angewurzelt. Im Wohnzimmer fand ich meinen Vater mit zerfetzter Brust, seine Arme ruderten in einem Blutmeer, als schwämme er zu einem Ufer, das nur er sah. Mitten in diesem Weltuntergang blieb mein Bruder in seinem Zimmer sitzen, die Waffe auf dem Schoß.

»Fass mich nicht an«, befahl er mir seltsam ruhig. »Fass mich nie wieder an. Sonst verbrennst du dich.«

So blieb er sitzen, regungslos, bis Verwandte und Nachbarn mit Schrecken und Geschrei ins Haus stürmten. Vom Fenster aus sah ich, wie mein Bruder von der Polizei abgeführt wurde. Es stand außer Zweifel: Er hatte auf unseren Vater, den angesehenen Jäger Henrique Baleiro, geschossen. Ein Unglück, wie unsere Mutter es hatte kommen sehen: »Schusswaffen im Haus führen nur zu Tragödien.«

Das sagte Martina Baleiro immer. An dem Tag, als mein Vater starb, war unsere Mutter nicht mehr da, um ihre Prophezeiung bestätigt zu sehen. Sie war ein paar Wochen zuvor gestorben. Eine merkwürdige Krankheit hatte sie im Nu dahingerafft. Mit erst zehn Jahren – und innerhalb eines Monats – habe ich Vater und Mutter verloren. Und man trennte mich für immer von meinem Bruder Rolando. Weil er noch nicht erwachsen war, blieb ihm jede polizeiliche Untersuchung erspart. Er hatte die Waffe geputzt, was er regelmäßig so machte, wie unser Vater es ihm beigebracht hatte. Stattdessen brachte man ihn in eine psychiatrische Klinik. Es heißt, er habe nie wieder gesprochen, sei nie wieder normal geworden. Rolando war die Gutmütigkeit in Person – seine Seele war untergegangen, von Schuldgefühl verzehrt. Mein Bruder hat sich zu den Sternen am Nachthimmel aus der

Sage unserer Mutter gesellt, die von der Dunkelheit geschluckt wurden.

Mein Vater war ein Mann, der alles ausfüllte, sobald sein Fuß über die Türschwelle trat, spürten wir das Schaukeln seines Gewichts, als säßen wir plötzlich in einem kleinen Boot. Was er machte, war weit mehr als ein Handwerk. Unser Vater, der angesehene Henrique Baleiro, war ein viel gefragter Jäger, und wenn er unterwegs war, herrschten im Haus Seufzer und Geheimnisse. Er war ein großer, strenger Mann und wortkarg. Wäre ich allein bei ihm aufgewachsen, hätte ich womöglich nie sprechen gelernt. Die Mutter hatte für diese schroffe Seite unseres Vaters eine mildernde Erklärung. Er stammte aus den Bergen von Manica, dort war er zwischen Felswänden und Schluchten aufgewachsen. Von ihm hörten wir immer wieder die sehnsüchtigen Worte: »Da, wo ich geboren bin, gibt es mehr Erde als Himmel.«

Vielleicht, weil er einem anderen Stamm angehörte, hatte Henrique Baleiro eine Mulattin zur Frau genommen. Damals war es nicht üblich, dass ein Schwarzer eine Frau von anderer Rasse heiratete. Die Heirat hatte ihn noch einsamer gemacht, von den Schwarzen abgelehnt und von den Mulatten und Weißen ausgeschlossen. Im Grunde habe ich meinen Vater erst verstanden, als ich selbst zum Jäger wurde. Mein Vater fühlte sich in der Welt fremd.

Die Frau am Empfang der Redaktion ist dick, sie spricht und bewegt sich schleppend. Als wäre sie so geboren, sitzend, ihr Hintern ein Gestirn, das der Erde Konkurrenz macht.

»Ich möchte mich nach dem Ergebnis der Ausschreibung erkundigen.«

Ich wedele mit der ausgeschnittenen Anzeige vor der Trennscheibe. Die schrille Stimme der Frau ist wie dafür gemacht, sich durch die Ritzen der zerbrochenen Scheibe zu zwängen: »Sind Sie der Jäger persönlich?«

»Ich bin der letzte Jäger. Und dies ist meine letzte Jagd.«

Die Frau blickt an die Decke, wie ein Astronom zur Mittagszeit den Himmel betrachtet. Sie öffnet vor meinen Augen einen Umschlag, während ich euphorisch weiterspreche, fraglos, um den Augenblick der Verkündung hinauszuzögern: »Ich weiß nicht, warum die Anzeige aufgegeben wurde. Es gibt doch keine Jäger mehr. Es gibt Leute, die ballern in der Gegend herum. Aber das sind keine Jäger. Das sind Killer, allesamt. Und ich bin der einzige Jäger, den es noch gibt.«

»Arcanjo Baleiro? Ist das Ihr Name?«

»Ich bin der einzige Jäger, den es noch gibt«, sage ich wieder, ohne auf die Frage zu antworten. Und ich fahre in meinem Redeschwall fort. Bald schon, sage ich, wird es auch keine Tiere mehr geben. Denn diese Pseudojäger verschonen weder Jungtiere noch trächtige Weibchen, sie respektieren keine Schonzeiten und überfallen Parks und Reservate. Einflussreiche Leute verschaffen ihnen die Waffen, für diese Killer reduziert sich alles auf die heilige Trilogie Waffe, Geld, Macht.

»Es ist alles Fleisch, alles Nhama«, seufze ich bedrückt.

Dann erst wende ich mich wieder dem ausdruckslosen Blick der Dicken zu, die auf das Ende meiner Tirade wartet.

»Sie heißen Arcanjo Baleiro? Also, Sie können nach Belieben jagen, Sie haben die Ausschreibung gewonnen.«

»Darf ich in Ihr Büro kommen? Ich möchte Ihnen einen Kuss geben.«

Überraschend behände erhebt sich die Frau, reckt sich über den Tresen und wartet mit geschlossenen Augen, als wäre mein Kuss die einzige Auszeichnung, die sie in ihrem Leben erhalten hat.

Hastig mache ich mich auf den Weg, schlängele mich zwischen den zahlreichen Straßenhändlern hindurch. Ich will meinen Bruder Rolando in der Psychiatrischen Klinik von Infulene besuchen. Seit dem Unfall, bei dem unser Vater sein Leben verloren hat, befindet er sich dort. Seit einem Jahr habe ich ihn nicht mehr besucht. Jetzt brenne ich darauf, ihm die Nachricht von der Ausschreibung zu bringen. Rolando hat es verdient, als Erster davon zu erfahren. Genau genommen habe ich niemanden sonst, mit dem ich erfreuliche Neuigkeiten teilen kann.

Die Busfahrt dauert lange. Die Klinik liegt weit hinter den Vororten mit Wellblechhütten. Den Kopf an die Fensterscheibe gelehnt, sehe ich Menschenmengen vorüberziehen, die sich in den Straßen und auf den Gehwegen drängen. Kriegen alle diese Leute einen Fuß auf die Erde? Und ich höre die wehmütige Klage meines Vaters: »Da, wo ich geboren bin, gibt es mehr Erde als Himmel!« Ich schließe die Augen und bilde mir sekundenlang ein, ich käme von einem anderen Ort mit viel Erde und viel Himmel.

Mitunter frage ich mich, ob ich nicht auch eingeliefert werden müsste. Die Freundin meines Bruders – sie heißt Luzilia und ist Krankenschwester – ist davon überzeugt, dass ich verrückt bin. Vielleicht bin ich verrückt geworden, das will ich nicht bestreiten. Aber dann frage ich: Kann man bei Verstand sein, wenn man kein Leben mehr hat? Wenn ich ehrlich sein soll, hat sie, diese Luzilia, mich um den Verstand gebracht. Ihretwegen schreibe ich mein Tagebuch, in der vergeblichen Hoffnung, dass diese Frau irgendwann mein Geschreibsel liest. Und es ist nicht das erste Mal, dass ich für Luzilia Schönes schreibe. Ich habe ihr schon einmal ein paar kurze, aber verhängnisvolle Zeilen geschrieben. Damals war es eine Einladung. Was ich jetzt verfasse, ist ein Abschied. Ein falsches Lebwohl ist, wie alles bei einem Jäger, eine gezielte Täuschung. Wo andere Menschen Erinnerungen haben, gibt es bei mir nur Lügen und Trugbilder.

Luzilia hat recht. Verrückt bin ich, seit ein Schuss mich aus dem Schlaf riss und ich meinen Vater in seinem eigenen Blut zuckend im Wohnzimmer fand. Bevor ich verwaiste, war alles heil – das Haus, die Zeit, der Himmel, wo meine Mutter die Sterne hütete, wie man mir sagte. Plötzlich aber blickte ich auf das

Leben und erschrak: Es war so unendlich und ich so klein und so allein. Plötzlich betrat ich die Erde und duckte mich, meine Füße waren so unzureichend. Plötzlich gab es nur noch Vergangenheit – der Tod ist ein See, noch dunkler und noch langsamer als das Firmament. Meine Mutter befand sich am anderen Ufer und schrieb Briefe, und mein Vater schwamm, ohne den unendlichen See jemals zu durchqueren.

In der alten Klinik hat sich nichts verändert. Luzilia begrüßt mich in dem großen Warteraum. Sie ist noch immer schön, verführerischer Blick, derselbe Tick, die Lippen mit der Zunge zu befeuchten. Luzilia hat als Krankenschwester in der Klinik gearbeitet, alles hier ist ihr vertraut.

»Du hast dich lange nicht blicken lassen …«

»Ich bin viel unterwegs, habe zu tun«, lüge ich.

»Dein Bruder und ich haben geheiratet.«

Ich täusche vor, mich zu freuen. Luzilia spricht, und ihre Stimme entfernt sich immer mehr. Rolando war kurz vor der Hochzeit entlassen worden, erzählt sie, und sie hatten noch versucht, zusammen bei ihr zu Hause zu wohnen. Aber das hatte nicht geklappt. Rolando konnte nur in seiner Krankheit leben. Also war er in die Klinik zurückgegangen.

Ich höre meiner neuen Verwandten bald nicht mehr zu. Vielleicht kann ich nicht der Schwager einer Frau sein, die ich zur Geliebten haben wollte. Ich wende mich von der Gegenwart ab und den Ereignissen von vor einem Jahr zu. In diesem selben Raum habe ich damals Luzilia meine große Liebe gestanden. Es war ein ereignisloser Nachmittag, so einer, der sich hinzieht wie eine ansteckende Krankheit. Ohne ihr ins Gesicht zu sehen, holte ich tief Luft und erklärte mich der erschrockenen Luzilia. Da sie nichts sagte, sprach ich weiter: »Ich muss dir etwas sagen, Luzilia. Wenn ich hierher in die Klinik komme, dann komme ich immer dich besuchen.«

»Das stimmt nicht. Und was ist mit deinem Bruder?«

»Ich komme deinetwegen hierher.«

Und dann überreichte ich ihr den Brief. Ihre kleinen Finger rührten sich nicht, sie zögerten die Lektüre hinaus. Ihre Hand überlegte. Dann las sie halblaut:

Seit ich Dich liebe, gehört die ganze Welt Dir. Deshalb habe ich Dir nie etwas geschenkt. Nur etwas zurückgegeben. Ich erwarte nicht, dass Du Dich revanchierst. Diese Zeilen jedoch wollen eine Antwort. Nach alter Art: Wenn Du mich liebst, meine Gefühle erwiderst, dann knick diesen Brief an einer Ecke um und gib ihn mir morgen zurück.

Am nächsten Tag sprach Luzilia das Thema nicht an. Sie brachte keinen Brief mit, sagte kein Wort. Sie ahnte ja nicht, wie tief mich ihre Gleichgültigkeit kränkte. Ich hätte mich beherrschen müssen, aber ich konnte es nicht: »Keine Ecke vom Brief umgeknickt?«

Sie schüttelte den Kopf. Ich ließ mir nicht anmerken, wie sehr mich die Ablehnung verletzte. Erstaunlich, wie viel Platz wir in uns haben, um unsere kleinen Tode zu begraben! Wir gingen nebeneinander durch die Flure, unser Schweigen war so kalt wie die Atmosphäre in der Klinik. Am Ausgang bat mich Luzilia: »Bitte komm auch weiter zu Besuch. Dein Bruder hat sonst niemanden mehr.«

»Du musst meinen Brief wegwerfen.«

»Ja, das tue ich.«

»Es war eine große Dummheit, dir meine Gefühle zu gestehen. Gib mir den Brief zurück.«

»Der gehört mir. Mir gehört doch alles, oder?«

Ein Jahr später geht Luzilia vor mir und bestätigt ihren Status als Herrin über meine Seele und die ganze Welt.

Mein Bruder Rolando sitzt auf der Veranda der Krankenstation und starrt wie immer auf seine reglosen Hände. Es ist, als wäre keine Zeit verstrichen. Er sitzt da so schicksalsergeben wie immer.

»Morgen reise ich in den Busch«, sage ich.

Er zeigt keine Regung. Er starrt weiter auf seine Hände, als wären sie tot.

»Das wird meine letzte Jagd«, füge ich hinzu.

In diesem Augenblick gerät sein ganzer Körper wie wahnsinnig in Erregung. Mein Bruder erwacht aus seiner langen Lethargie. Verzweifelt wie ein Ertrinkender stützt er sich auf Luzilias Arm, um sich mir zu nähern. Er scheint zu sprechen, aber er gibt kein Wort von sich, nur so etwas wie hilflose Seufzer, als schluckte er mehr Luft, als seine Brust aufnehmen kann. Luzilia versteht, was er sagen will, sie nickt immer wieder. Sie verstehen einander. Dann kehrt er zu seinem Stuhl zurück und sinkt in sich zusammen. Da es nichts mehr zu sagen gibt, begleitet Luzilia mich zur Tür. Schließlich breche ich das verlegene Schweigen.

»Was hat Rolando gesagt?«

»Er hat mich aufgefordert, mit dir auf die Jagd zu gehen.«

»Das kann nicht wahr sein!«

Mit gesenktem Blick macht Luzilia eine Handbewegung, als wäre das alles ein Albtraum.

»Weiß er etwas?«, frage ich.

»Wovon?«

»Was ich für dich empfinde.«

»Das weiß er schon lange. Rolando hat deinen Brief gelesen. Er hat ihn in meiner Handtasche gefunden.«

»Wie war das möglich?«

»Ich habe ihn nicht weggeworfen.«

Rolando hatte den Verdacht, meine letzte Jagd sei ein Abschied vom Leben. Selbst wenn ich heil und unversehrt in die Stadt zurückkäme, würde ich nie wieder zu mir selbst zurückfinden. Wahnsinn sei keine einfache Krankheit, sondern ein Fluch in der Familie. Und nur die Jagd könne mich vor diesem Schicksal bewahren.

Diese Befürchtung hatte Rolando Luzilia anvertraut. In seiner Verzweiflung lieferte er mir einen Grund, weiter am Leben zu hängen. Dieser Grund war die einzige Frau, die er je geliebt hatte. Ich drehte mich um, wollte so schnell wie möglich fort von dort, doch Luzilia hielt mich fest: »Arcanjo? Willst du nicht wissen, was ich möchte?«

»Nein. Das spielt jetzt keine Rolle mehr. Ich möchte nicht, dass du mitkommst, das ist alles. Dein Platz ist hier, bei Rolando. Hattest du dich nicht dafür entschieden?«

Die Rückkehr vom Fluss

Der wahre Name der Frau heißt Ja. Jemand sagt zu ihr:
»Du bleibst hier.« Und sie sagt: »Ich bleibe hier.«
Jemand befiehlt: »Sei still.« Und sie sagt nichts. Jemand
befiehlt: »Tu das nicht.« Und sie antwortet: »Ist gut.«

Sprichwort aus dem Senegal

Am Abend zuvor war in unserem Haus die Order ausgegeben worden: Die Frauen bleiben hinter verschlossener Tür, weit weg von den zu erwartenden Besuchern. Wieder einmal wurden wir ausgeschlossen, ferngehalten, unsichtbar gemacht.

Am nächsten Morgen beeilte ich mich mit der Hausarbeit. Ich wollte meine Mutter schonen, die seit den frühen Morgenstunden am Eingang zum Innenhof lag. Irgendwann legte ich mich neben sie, ich wollte mit ihr das Gefühl derer teilen, denen die Seele schwer ist. Anfangs beachtete sie mich nicht. Dann murmelte sie: »Dieses Dorf hat deine Schwester getötet. Es hat mich getötet. Jetzt wird es niemanden mehr töten.«

»Bitte, Mutter. Wir haben gerade eine von uns begraben.«

»Uns Frauen, uns hat man schon vor langer Zeit begraben. Dein Vater hat mich begraben; deine Großmutter, deine Urgroßmutter, sie alle wurden zu Lebzeiten begraben.«

Hanifa Assulua hatte recht. Vielleicht war auch ich schon begraben, ohne es zu wissen. Weil ich von der Liebe so gar nichts wusste, war ich begraben. Unser

Dorf war ein lebender Friedhof, den nur seine eigenen Bewohner besuchten. Ich blickte auf die Häuser, die sich im Tal reihten. Triste Häuser, die Farben ausgeblichen, als bereuten sie, sich über dem Erdboden erhoben zu haben. Armes Kulumani, das niemals ein Dorf sein wollte. Ich Arme, die ich niemals etwas sein wollte.

Unzählige Male hatte unsere Mutter den Vater angefleht, in die Stadt zu ziehen: »Ich bitte dich, Mann, im Namen von allem, was heilig ist, lass uns weggehen.«

»Wenn du willst, dann geh.«

»Wir sorgen dafür, dass sich jemand um die Gräber kümmert.«

»Umgekehrt, Frau: Wenn wir weggehen, werden die Gräber sich nicht mehr um uns kümmern.«

Ich schüttelte die Erinnerungen ab. Was nützte es jetzt, sich in diese alten Bitternisse zu vertiefen? Wenn wir so sehr an der Vergangenheit festhielten, wie wäre es möglich, dass Silência, erst kürzlich verstorben, uns die Tränen in die Augen treten ließe?

»Vater beklagt sich, dass du, Mutter, gestern gegen die Trauergebote verstoßen wolltest. Stimmt es, dass du die Ahnengeister beleidigt hast?«

»Ich gebe dir einen Rat, meine Tochter: Wenn du lieben willst, tu es im Fluss, im Wasser, so wie die Fische.«

»Um Gottes willen, so etwas sagt doch eine Mutter nicht!«

»Aber ich sage dir: Im Wasser lieben ist viel besser als im Bett.«

»Woher weißt du das?«

»Ich sehe die Nachbarin.«

»Die Nachbarin? Das kann nicht sein, die ist ganz und gar Witwe.«

Meine Mutter lächelte verschmitzt und gestand: Sie versteckte sich am Ufer und sah zu, wie die Nachbarin sich allein wusch. Nach und nach verwandelten sich die Hände der Frau in die Hände anderer Lebewesen und bescherten ihrem Körper noch nie erlebte wollüstige Schauer.

»Die Nachbarin hat mich gelehrt, wie wir uns an den Männern rächen können …«

Verstand ich richtig, was hinter diesem Geständnis steckte? Die Nachbarin liebte nur die Toten. Das war es, was Hanifa mir sagte. Generationen und Generationen von Verstorbenen gingen durch die Arme unserer Nachbarin. Leute von weit her, vornehme Leute, Leute, die niemals etwas Besonderes gewesen waren, sie alle entbrannten leidenschaftlich in ihrem flüssigen Bett. Alle diese Liebhaber, jeder einzeln von ihr auserwählt, gereichten der Frau nur zu ihrem Vorteil. Es gab keine Krankheiten, keine Untreue, keine Gefahr, schwanger zu werden. Zurück blieben nur Erinnerungen, keine Asche und keine Saat. Nur fernab der Lebenden finden die Frauen von Kulumani erwiderte Liebe, das war es, was meine Mutter mich lehrte.

»Die Anweisung deines Vaters ist richtig. Ab heute gehst du nicht aus dem Haus.«

Dass mein Vater mich einsperren wollte, wunderte mich überhaupt nicht. Wohl aber verblüffte mich, wie begeistert meine Mutter die Entscheidung ihres Mannes unterstützte.

»Genau darum geht es, Mariamar. Du bleibst schön hinter verschlossener Tür!«

Dann dachte ich: Vielleicht sollte es mich nicht so aus der Fassung bringen, dass sie mich unbedingt von den Neuankömmlingen fernhalten wollte. Meine Mutter hatte nie Liebe erlebt. Die Nachbarin war gut dran, im Flussbett hatte sie geliebt und war geliebt worden. Hanifa Assulua hingegen hatte Angst vor der Landstraße, der Fahrt, der Stadt. Dass ich weggehen könnte, nicht das fürchtete sie. Sondern die Schmach, dass niemand sie selbst würde mitnehmen wollen. Woanders hätten andere Mütter sich gewünscht, dass ihre Töchter erfolgreich durch die Welt zogen. Meine Familie jedoch war von der Kleinmütigkeit infiziert, die in unserem Dorf herrschte.

Wer von auswärts kam, wie die Leute, die jetzt eintreffen sollten, hätte die Dorfbewohner für gute, tugendhafte Menschen gehalten. Ein frommer Irrtum. Die Leute aus Kulumani sind gastfreundlich gegenüber Fremden, die von weit her kommen. Aber unter ihnen herrschen Neid und üble Nachrede. Deshalb erinnerte unser Großvater uns immer daran: »Wir brauchen keine Feinde. Um uns zu ruinieren, haben wir uns immer selbst genügt.«

Je leerer das Leben ist, umso mehr füllen es die aus, die nicht mehr da sind: die ins Exil Gegangenen, die Geisteskranken, die Verstorbenen. Wir alle in Kulumani verehren unsere Toten, wir alle hüten in ihnen die Wurzeln unserer Träume. Mein ältester Toter ist Adjiru Kapitamoro. Genau genommen ist er der ältere Bruder meiner Mutter. In unserer Gegend nennen wir alle Onkel mütterlicherseits Großvater. Adjiru ist übrigens der einzige Großvater, den ich je gekannt habe. In der Familie nannten wir ihn Anakulu, unser Ältester. Niemand hat je erfahren, wie alt er war, auch er selbst hatte keine Ahnung, wann er geboren war. Ehrlich gesagt hielt er sich für so unsterblich, dass er sich als Schöpfer des Flusses bezeichnete, der durch das Dorf fließt.

»Diesen Fluss, den Lundi Lideia, habe ich gemacht«, behauptete er stolz.

Die Liste seiner großartigen Werke war lang. Abgesehen vom Fluss hatte Großvater auch Felsen, Schluchten und Regen erschaffen. Alles mithilfe mächtiger Mintela, den Zaubertränken und Amuletten der Zauberkundigen. Doch leugnete er, diesen bedeutenden Status zu besitzen: »Ich bin kein Zauberkundiger, ich bin nur alt.«

In der Kolonialzeit hatte sein Vater, der verehrte Muarimi, als Capitão-mor das Amt eines Erblehensverwalters ausgeübt. Er erhob Steuern und löste lokale Konflikte zugunsten der Kolonialherren. Dieses Amt brachte meinem Urgroßvater Anschuldigungen, Neid und lang währende Feindschaften ein. Unserer Familie jedoch brachte es den Namen ein, den wir heute führen: die Kapitamoros. In diesem Land ohne eigene Fahne hielten wir die geliehene Insignie hoch, als wäre es unser uraltes, angestammtes Recht.

Entgegen der Familientradition widmete sich

Großvater Adjiru einer ganz anderen Tätigkeit: der Jagd. Dazu war er berufen und beeidigt – zum Jäger. »Die Waffe ist meine Seele«, sagte er. Als er in der Gegend von Quionga einem Leoparden auflauerte, erschoss er versehentlich einen Mann. Um sich von diesem Blut reinzuwaschen, hätte er sich mit der Asche von Bäumen abreiben müssen. Er verweigerte das Ritual, für ihn, einen Assimilierten, wäre das eine unerträgliche Demütigung gewesen. Das Jagen wurde ihm verboten, fortan beschränkte er sich auf das Fährtenlesen. Mit der Würde eines Königs nahm er die Degradierung hin. Bis zu seinem Todestag bewahrte er sich seine vornehme Haltung. Obwohl er seine Arbeit dicht am Erdboden verrichtete, warf er weiterhin Schatten auf ganz Kulumani. Und nun, da das Dorf vor der Bedrohung durch Löwen zitterte, sehnten sich alle nach seinem himmlischen Schutz zurück.

Mein Vater Genito Serafim Mpepe hätte mit vollem Recht auch Jäger werden können. Doch er beließ es lieber beim Fährtenlesen, aus Solidarität mit seinem verstorbenen Mentor. War der eine degradiert, musste es der andere auch sein. Kurzum, Genito strebte danach, in jeder Beziehung in die Fußstapfen des abgesetzten Jägers zu treten. Doch Großvaters Status erwies sich als unerreichbar. Adjiru war mehr als ein Mweniekaya, ein Familienoberhaupt, gewesen. Seine Autorität hatte sich immer auf die gesamte Nachbarschaft erstreckt. Es war die stillschweigende, unausgesprochene Autorität dessen, der Macht ausübt, ohne das Wort zu Hilfe nehmen zu müssen. Doch ich, Mariamar, war für ihn ein besonderer Mensch. Für mich hielt unser Ältester eine rätselhafte Prophezeiung bereit: »Du, Mariamar, bist aus dem Fluss gekommen. Und du wirst noch alle überraschen. Eines Tages wirst du dahin gehen, wohin der Fluss fließt.«

Ich bin eine Frau, eine Reise konnte mir vom Schicksal nie bestimmt sein. Dennoch hat Adjiru Kapitamoro recht. Denn schon zwei Tage nach Silências Beerdigung fahre ich in einem Einbaum flussabwärts. Ich fliehe vor dem Hausarrest, den Genito Mpepe, mein Kerkermeister seit meiner Geburt, über mich verhängt hat. Um Kulumani zu entkommen, helfen weder Landstraße noch Busch. Auf der Landstraße lauert mein Vater. Im Busch lauern die Mörderlöwen. Alle Wege aus dem Ort hinaus führen in eine Falle. Mir bleibt einzig der Fluss. Dieser Wasserlauf wurde Lideia getauft, so heißen die kleinen Tauben, die in der Regenzeit zu uns kommen. Er könnte sehr gut ein namenloser Bach sein, aber wir fürchteten, falls er keinen Namen bekäme, könnte er für immer austrocknen. Angeblich hat Großvater Adjiru Kapitamoro ihn so getauft. Und wir tun, als glaubten wir das.

So sind wir beide unterwegs, der Fluss Lideia mit seinem Vogelnamen und ich, Mariamar, mit meinem Wassernamen. Ich fahre gegen mein Schicksal, aber mit der Strömung. Die ganze Zeit gibt sich der Einbaum gehorsam. Aber es sind nicht meine Arme, die ihn vorantreiben, sondern Kräfte, die ich lieber nicht kennen möchte. November ist der Monat, in dem wir für Regen beten. Und ich bete für einen Ort, an dem ich mich hinlegen kann wie der Regen, ohne Körper und ohne Gewicht.

Man sagt, dass dieser Fluss weiter weg die Stadt durchquert. Das glaube ich nicht. Dieser Fluss, der kein Wort Portugiesisch spricht, dieser Fluss voller Fische, die ihren Namen nur auf Shimakonde kennen, ich glaube nicht, dass sie diesen Fluss in die Stadt hineinlassen. Auch mir werden sie sich in den Weg stellen, sollte ich einmal an die Tore der Hauptstadt klopfen.

»Folge allem, nur nicht der Liebe«, das sagte meine arme Schwester Silência immer. Was mich dazu bringt, Kulumani zu verlassen, mich von mir selbst, von den gegenwärtigen Ängsten, den künftigen Albträumen zu entfernen, hat mit Liebe zu tun. Es ist weniger der Wunsch, Fesseln zu sprengen, der mich ungehorsam sein lässt. Mein Hauptmotiv ist ein anderes, ich begehe diese Verrücktheit, weil das Kommen der Leute angekündigt wurde. Letztlich wegen einem von ihnen, wegen Arcanjo Baleiro, dem Jäger. Dieser Mann hat seinerzeit mich gejagt. Seitdem habe ich keine Ruhe mehr gefunden. Vor einer Liebe davonlaufen ist die vollkommenste Form, ihr zu folgen. Je mehr ich Herrin meiner selbst bin, umso mehr werde ich zur Sklavin dieser Liebe. Kein Fluss dieser Welt befreit mich aus dieser Falle.

Arcanjo Baleiro trat vor sechzehn Jahren in mein Leben. Ich war auch sechzehn, fast noch ein Kind, als er mir zum ersten Mal begegnete, aber meine Träume waren erwachsener geworden als mein Körper. Mein einziges Sehnen war, Kulumani weit hinter mir zu lassen. An Sonntagnachmittagen drang ich in den Hühnerstall der Katholischen Mission ein, um an der Landstraße Hühner zu verkaufen. Ich plante, etwas Geld zusammenzusparen, um dann in die Stadt zu fliehen. Die Landstraße war jedoch kaum befahren, ganz selten kam jemand vorbei. Es war im Jahr 1992, der Krieg war in diesem Jahr zu Ende gegangen, doch ein unsichtbares Halseisen schnürte uns noch immer die Luft ab.

Ich habe nie begriffen, warum sich so viele Händler an der toten Landstraße versammelten. Vielleicht ging es um eine Art Gebet, eine Form des Niederkniens vor dem Schicksal. Oder vielleicht war der Grund, dass inzwischen ab und zu Lastwagen mit illegal geschlagenem Holz vorbeikamen. Es war das Geschäft von einflussreichen Leuten, wir nannten sie die »Herren des Landes«. Egal, wer vorbeikam, ich hob die Hühner hoch, und ihre Flügel schlugen blind wie zu einem kurzen Flug. Niemand hielt an, niemand kaufte jemals etwas. Mit blödem Gegacker hingen die Hühner dann wieder an meinen Händen, als wären sie erschöpft von der verwegenen Anstrengung, sich sekundenlang wie Vögel aufzuführen.

Einmal kam der Polizist Maliqueto Próprio, der einzige Ordnungshüter in Kulumani, zu mir, sprach mich ganz wichtigtuerisch an und wollte wissen, woher ich mein Ware hatte. Er wies auf die Hühner, als Beweis für eine Straftat. Ich hätte sie gestohlen, warf er mir vor. Und ich müsse mitkommen, befahl er mir.

»Auf die Wache?«, fragte ich zitternd.

»Du weißt genau, dass es in Kulumani keine Wache gibt. Ich habe meine eigenen Kerker.«

Dass Maliqueto seine Macht missbrauchte, war nur allzu bekannt. Sein finsterer Blick war in diesem Augenblick nur die Bestätigung seiner bösen Absichten. Mir wurde schwarz vor Augen, die Knie wurden mir weich. Der Gewehrlauf in meinem Rücken ließ mir keine Bedenkzeit.

»Bitte tu mir nichts.«

Da tauchte wie ein Ritter Arcanjo Baleiro auf. Er hielt auf seinem Motorrad vor mir an, ein stolzer Herrscher und erhabener Befehlshaber der Welt. Der Polizist trat dem Fremden entgegen und musterte ihn von Kopf bis Fuß. Nach wohlüberlegtem Schweigen zog er sich zurück. Ich weiß nicht, ob dem Jäger klar war, welche Gelegenheit sein Auftauchen ihm bot, aber er lächelte, als er fragte: »Kann ich ein Huhn mitnehmen?«

Mich selbst, wünschte ich mir, sollte er mitnehmen. Der Mann sah mich offensichtlich überrascht an. Plötzlich spürte ich, wie schwer Scham wog, noch nie hatte mich jemand angesehen. Als wäre in diesem Augenblick mein Körper endgültig in mir geboren.

»Diese Augen«, seufzte er. »Oh, diese Augen!«

Ich senkte den Kopf und stand hilflos da, ein Vogel, stimmlos und unfähig zu fliegen.

»Einen schönen Körper hast du«, murmelte der Fremde.

Seine Worte entblößten meinen Körper und meine Seele. Um dem Schwindelgefühl zu entfliehen, zog ich mich in den Schatten am Fluss zurück. Der Mann kam, sein Motorrad schiebend, hinterher.

»Hast du Lust, mit nach Palma zu kommen?«

»In die Stadt? Das darf ich nicht.«

»Ich nehme dich auf dem Motorrad mit und bringe dich auch zurück. Wir können eine Abkürzung am Fluss nehmen, da sieht uns niemand.«

»Ich darf nicht, habe ich doch schon gesagt.«

»Wir können fernsehen, hast du keine Lust?«

Ich ließ den Blick langsam über die Landschaft schweifen. Wie groß, wie unendlich groß war die Welt! Das Universum war immens, und der Fremde wartete auf eine Antwort. Wie viele Dinge gingen mir durch den Kopf! Mir kam zum Beispiel der Gedanke, den Jäger zu bitten, meiner Mutter beim Wasserholen zu helfen, da er ein Motorrad hatte. Oder den Frauen von Kulumani zu helfen, Brennholz zu sammeln, Tonerde zu suchen, die Ernte von ihren Feldern zu transportieren. Und vor allem nichts von mir zu verlangen.

Schweigend betrachtete ich das Wasser des Lideia. Des Wartens müde, fragte Arcanjo, wie der Fluss hieß. Er sei hergekommen, um ein wildes Krokodil zu jagen, das in der Gegend Schrecken verbreitete. Das wolle er nicht tun, ohne zu wissen, wie der Fluss hieß.

Ich atmete auf. Der Fremde wollte nicht wissen, wie ich heiße. Offenbar interessierte ihn nur die Landschaft.

»Lundi Lideia, mit vollständigem Namen«, antwortete ich mürrisch. »Aber wir nennen ihn einfach Lideia.«

»Und was bedeutet das?«

»Lideia nennen wir eine bestimmte Taube.«

»Eine Taube?«, fragte Arcanjo. Dann lachte er, weil er etwas komisch fand, was ich nicht verstand.

»Stimmt, es gibt Flüsse, die beflügeln uns.«

Das sagte der Jäger. Als wir uns verabschiedeten, blickten wir auf den Fluss, diesen selben Fluss, der für mich jetzt der Weg ist, aus Kulumani wegzukommen, meiner Familie zu entfliehen und aus meinem Leben auszubrechen.

Als ich mich noch vor Tagesanbruch auf den Weg machte, hatte ich die Absicht, den Jäger davor zu warnen, dass man ihn in einen Hinterhalt locken würde. Mein Plan war einfach. Ich wollte an der Brücke aus dem Kanu steigen, zur Landstraße laufen und dort auf die Ankömmlinge warten. Vor sechzehn Jahren hatte Arcanjo mich vor der Bedrohung durch den Polizisten gerettet. Dieses Mal würde umgekehrt ich ihn retten. Und ich sah mich schon auf der Landstraße mit den Armen gleich unermüdlich flatternden Fahnen winken. Wer weiß, vielleicht würde der Jäger mich in die Arme nehmen und mit mir zu einem schwindelerregenden Flug abheben?

Während ich flussabwärts fahre, überkommt mich jedoch ein anderes Gefühl. Ich bin nicht auf dem Weg zum Jäger. Ich bin vielmehr auf der Flucht vor ihm. Warum laufe ich vor dem einzigen Menschen davon, der mich vielleicht geliebt hat? Darauf weiß ich keine Antwort. Meine Mutter sagt immer, dass das Wasser die Steine rund schleift, wie die Frau die Seele der

Männer formt. So hätte es mit mir sein können. War es aber nicht. Es hat keine Liebe, keinen Mann, keine Seele gegeben. Geschehen ist, dass ich mit der Zeit jede Hoffnung aufgegeben habe. Und deshalb laufe ich weg. Ich habe Angst, verzehrt zu werden. Nicht von dem Verlangen, das tief in mir steckt. Verzehrt zu werden von der Leere, nicht zu lieben. Von der Sehnsucht, geliebt zu werden.

Schließlich erreicht das Boot eine Bucht mit klarem Wasser. Diese Bucht gilt als heiliger Ort, nur die Zauberkundigen wagen sich dorthin. Im Dorf sagt man, dort baue das Wasser sein Nest. Die Ältesten nennen die Bucht Lyali wakati, das Ei der Zeit. Die paradiesische Stille dort hätte mich beruhigen sollen, tut sie aber nicht. Denn ich merke, dass der Einbaum festsitzt und sich, sosehr ich mich bemühe, nicht von der Stelle rührt. Es gibt keine Strömung und keinen Strudel. Aber der Einbaum liegt unbeweglich im Flussbett des Lideia. Wahrscheinlich erweist sich hier nur die uralte Regel: Jeder kleine Ort hat lange Arme. Wir können uns noch so oft auf den Weg machen, wir verlassen ihn nie. »Verfluchter Ort, so ganz ohne Himmel, dass wir selbst die Wolken ausgraben müssen«, so schimpfte Großvater Adjiru. Und so verfluche ich jetzt meinen Heimatort.

Ein Zittern durchzuckt mich, das Herz klopft mir bis zum Hals, als ich im schaukelnden Boot stehe und eine am Ufer verborgene Gestalt erahne. Obwohl ich eine Frau bin, habe ich den Jagdinstinkt geerbt, der in unserer Familie verbreitet ist. Ich kenne mich mit Schatten aus, die sich zwischen Schatten bewegen, mit Gerüchen und Zeichen, die sonst niemand kennt. Und nun bin ich mir sicher. Am Ufer befindet sich ein Tier! Ein scheues Tier, das durch das Laubwerk an der Böschung schleicht.

Und plötzlich ist sie da: die Löwin! Sie kommt zum Trinken an dieses stille Flussufer. Sie sieht mich weder ängstlich noch aufgeregt an. Als hätte sie mich seit Langem erwartet, hebt sie den Kopf und blickt mir fragend tief in die Augen. Ihre Haltung verrät keine Anspannung. Man könnte meinen, sie erkennt mich. Mehr noch, die Löwin grüßt mich respektvoll wie eine Schwester. Wir verharren im gegenseitigen Betrachten, und nach und nach stellt sich bei mir ein Gefühl von spiritueller Harmonie ein.

Nachdem sie ihren Durst gestillt hat, reckt die Löwin sich, als wollte sie einen anderen Körper aus ihrem Körper heraustreten lassen. Dann zieht sie sich langsam zurück, ihr Schwanz schwingt wie ein Pelzpendel, jeder Schritt ist eine Liebkosung des Erdbodens. Ich lächele unverhohlen stolz. Alle glauben, es seien männliche Löwen, die das Dorf bedrohen. Das stimmt nicht. Es ist diese Löwin, graziös und weiblich wie eine Tänzerin, majestätisch und erhaben wie eine Göttin, es ist diese Löwin, die in der ganzen Nachbarschaft so viel Schrecken verbreitet hat. Mächtige Männer, mit raffinierten Waffen ausgerüstete Krieger, sie alle haben kapituliert, Sklaven ihrer Angst, von der eigenen Ohnmacht besiegt.

Noch einmal lässt die Löwin ihren Blick auf mir verweilen, dann zieht sie einen Kreis und verschwindet.

Irgendetwas, das ich nie werde beschreiben können, raubt mir plötzlich den Verstand, und ein Schrei entweicht meiner Brust: »Schwester! Meine Schwester!«

Meine Hände greifen verzweifelt zu den Rudern, um das Boot rasch zum Ufer zu bewegen: »Silência! Uminha! Igualita!«

Die Namen meiner toten Schwestern hallen in der diesigen Atmosphäre wider. Ich zittere von Kopf bis Fuß, ich habe soeben gegen das heilige Gesetz verstoßen, dass man den Namen von Toten nicht ausprechen darf. Denn sonst können die Toten, davon angelockt, wieder auf Erden erscheinen. Vielleicht war dies auch meine heimliche Hoffnung. Die Verzweiflung bringt mich dazu, abermals gegen das Gesetz zu verstoßen: »Ich bin es, Schwester, ich, Mariamar!«

Dann werde ich mir der Sinnlosigkeit meines Tuns bewusst. Ich, die ich niemals die Stimme erhoben habe, schreie jetzt nach einer, die nicht hören kann. Es stimmt, was die Leute sagen. Ich bin verrückt, ich habe mich nicht mehr in der Gewalt. Und ich breche in Tränen aus, als möchte ich nachholen, was ich nicht geweint habe, als ich geboren wurde. Adjiru hatte recht. Traurig sein heißt nicht weinen. Traurig sein heißt niemanden haben, vor dem man weinen kann.

»Lasst mich nicht allein, bitte, nehmt mich mit.«

Der Ruf hallt durch den Wald, und einen Moment lang meine ich, andere Stimmen zu hören, die nach Silência rufen. Aber die Vegetation verschließt sich dicht und unbeweglich. Dort, wo die Löwin eben noch trank, ist jetzt ein roter Fleck, der sich rasch auf dem Wasser ausbreitet. Plötzlich färbt sich der ganze Fluss rot, und ich treibe auf Blut. Dasselbe Blut, das immer, wenn ich im Traum ein Kind gebar, zwischen meinen Schenkeln herauslief, dieses selbe Blut fließt jetzt mit der Strömung. Adjiru Kapitamoro, mein Großvater, hatte recht. Dieser Fluss ist in seinen Händen entstanden, so wie ich aus seiner Zuneigung entstanden bin. Und da verstehe ich: Mehr noch als mein Heimatort hält mich Großvater Adjiru gefangen. Er war es, der mein Boot gestoppt und mich in der heiligen Bucht des Lideia festgehalten hat.

»Großvater, bitte«, flehe ich, »lass mich flussabwärts fahren.«

Ich rolle mich im Leib des Einbaums zusammen, lege mich hin für den Schlaf derer, die noch nicht geboren sind. Unvermutet gleitet ein anderes Boot durch die Stille und nähert sich zu meinem Schrecken verstohlen wie ein Krokodil. Das kann nur Adjiru sein, der mich retten kommt. Mit zugeschnürter Kehle rufe ich: »Großvater?«

Die Boote liegen jetzt nebeneinander, und eine Gestalt beugt sich über mich, um an der Halterung der Riemen ein Tau festzubinden. Der Fremde steht im Gegenlicht, ich sehe nur seine dunkle Silhouette. Ich will keine Sekunde verlieren, ich weise zum Ufer und verkünde: »Da war sie! Da war die Löwin. Komm, Großvater, sie muss noch in der Nähe sein.«

»Setz dich auf, Mariamar.«

Ich erschrecke. Es ist nicht Adjiru. Es ist Maliqueto Próprio, der einsame Scherge des Dorfes. Ohne ein Wort schleppt er mich in Richtung Kuluani. Auf halbem Weg lässt er die Ruder ruhen und starrt mich an, bis sein Boot, sich selbst überlassen, mit der Strömung wieder flussabwärts treibt.

»Du bist mir etwas schuldig, Mariamar. Hast du das vergessen? Das hier ist eine gute Stelle, deine Schuld zu begleichen.«

Während er sich kriechend und geifernd nähert, entledigt er sich seiner Kleider. Merkwürdigerweise fürchte ich mich nicht. Zu meinem eigenen Staunen gehe ich kampfbereit schreiend, spuckend und kratzend auf Maliqueto los. Halb erschrocken, halb verblüfft weicht der Polizist zurück und betrachtet entsetzt die tiefen Kratzwunden, die ich seinen Armen zugefügt habe.

»Verdammtes Weibsstück, willst du mich umbringen?«

Er zieht sich das Hemd über die Schultern, um die Wunden zu verdecken, und macht sich schnell auf den Weg zurück nach Kulumani. Während er rudert, brummelt er immer wieder vor sich hin: »Die ist verrückt, die ist total verrückt.«

Am Ufer warten der Verwalter Florindo Makwala und mein Vater Genito Mpepe. Mit vor Aufregung erstickter Stimme rufe ich gleich: »Ich habe sie gesehen! Die Löwin, es war die Löwin, Vater! Und sie war echt. Nicht künstlich.«

»Unsinn. Komm mir nicht mit Lügengeschichten, weil ich dich bestrafen werde.«

»Ich habe sie gesehen, Vater. Bei der Bucht, eine Löwin. Ich bin ganz sicher.«

Nur um mir zu widersprechen, behauptet Maliqueto, es habe da nichts zu sehen gegeben. Und selbst wenn ich etwas gesehen hätte, wie hätte ich so sicher sein können, dass es eine Löwin war? Die männlichen Löwen in dieser Gegend sind klein und haben fast keine Mähne.

Der Verwalter nähert sich vorsichtig, um keine nassen Füße zu bekommen, hält sorgfältig Abstand und weist meinen Vater an: »Dieses Mädchen darf nicht mit der Delegation in Kontakt kommen.«

»Die bleibt im Haus, darauf können Sie sich verlassen, Genosse Chef. Ich binde sie auf dem Hof fest.«

»Sie soll von den Besuchern ferngehalten werden. Und was ist mir dir, Maliqueto? Blutest du?«

»Ich habe mich an den Tauen verletzt, Chef. Und darf ich jetzt, wenn Sie erlauben, etwas sagen, Chef?«

»Sprich.«

»Deine Tochter, Mpepe, war schon immer nicht ganz richtig im Kopf, aber jetzt kann man Angst kriegen. Wieso wagt sie es, ganz allein zu dem heiligen Ort zu fahren?«

»Du hast recht, Maliqueto. Weißt du nicht, was sie mit Tandi gemacht haben, die sich an Orten herumgetrieben hat, wohin sie nicht hätte gehen dürfen?«

Die drei Männer sind damit beschäftigt, die Boote festzumachen. Ich sitze am Ufer, mir wird bewusst, wie sehr ein Einbaum einem Sarg ähnelt. Genauso bauchig, genauso auf dem Weg in die Zeitlosigkeit. Der Fluss hat mich nicht an mein Ziel gebracht. Aber die Fahrt hat mich zu der geführt, die man von mir getrennt hat: der Löwin, meiner Schwester, die mir so fehlt.

TAGEBUCH DES JÄGERS

2

Die Reise

*Den Kescher angehoben, warte ich nur darauf, dass
der Schmetterling mich durch sein Zurückweichen,
sein Zögern anspornt. Wie glücklich wäre ich, könnte
ich mich in Licht und Luft auflösen, nur um mich
zu nähern und ihn zu überwältigen. Zwischen der
Beute und mir beginnt das alte Jägergesetz zu wirken: Je mehr ich mit allen Fasern meines Wesens dem
Tier folgen will, umso mehr verwandele ich mich
an Leib und Seele in einen Schmetterling. Je näher
ich dem Ziel des Jägers komme, umso mehr gewinnt
der Schmetterling die Form menschlichen Willens.
Schließlich ist es, als ob sein Fang der Preis wäre, den
ich zu zahlen habe, um mein Menschsein zurückzu-
erhalten. Auf dem Rückzug von der Jagd geht der
Geist der todgeweihten Kreatur in den Jäger ein.*

Frei nach *Schmetterlingsjagd*
von Walter Benjamin

Flughäfen habe ich noch nie gemocht. So voller Menschen, so voll von niemandem. Mir sind Bahnhöfe lieber, da bleibt Zeit für Tränen und Winken mit dem Taschentuch. Züge setzen sich langsam, seufzend in Bewegung, fahren mit Bedauern ab. Ein Flugzeug hingegen hat es unmenschlich eilig. Und die Geschichte meiner Mutter stimmt nicht mehr, wenn ich zusehe, wie die Flugzeuge durch die Lüfte rasen. Es ist also doch nicht alles am unendlichen Firmament so langsam. Ich befinde mich auf dem Flughafen von Maputo und weiß genau, dass ich mich nirgends befinde. Ein Englisch sprechender Mensch holt mich in die Realität zurück.

»Dies ist der Schriftsteller. Er wird Sie auf der Reise begleiten.«

Der Schriftsteller ist ein kleiner Weißer mit Bart und Brille. Er ist ein berühmter Intellektueller, mehrere Menschen bleiben stehen und bitten ihn um ein Autogramm. Er reckt sich, um mir die Hand zu geben: »Ich heiße Gustavo. Gustavo Regalo.«

Offenbar gefällt ihm sein Name. Er erwartet, dass ich ihn erkenne. Doch ich tue so, als wäre er mir vollkommen fremd.

»Ich werde eine Reportage über die Jagdexpedition schreiben, im Auftrag derselben Firma, die Sie engagiert hat.«

»Es wird Ihnen bestimmt gefallen. Und die Löwen werden sich freuen, dass ihr Tod mit einer Reportage gewürdigt wird.«

»Es ist das erste Mal, dass ich an einer Jagd teilnehme. Ohne Sie kränken zu wollen, muss ich sagen, dass ich dagegen bin.«

»Wogegen?«

»Gegen das Jagen. Erst recht, wenn es um Löwen geht.«

»Das Problem, werter Herr Schriftsteller, ist, dass Sie noch nie einen Löwen gesehen haben.«

»Wie kommen Sie darauf?«

»Sie haben auf Fotosafaris Löwen gesehen, aber Sie wissen nicht, was ein Löwe ist. Richtig zu erkennen gibt sich ein Löwe nur in dem Gebiet, wo er König und Herr ist. Kommen Sie mit, zu Fuß in den Busch, dann werden Sie wissen, was ein Löwe ist.«

Vier Stunden im Flugzeug neben dem Schriftsteller sitzend reichen mir, um zu ermessen, welche Kluft uns trennt. Mit seinem Intellektuellengetue, dem gezückten Notizblock, der Unfähigkeit, still zu sein – kurz, der Schriftsteller geht mir auf die Nerven. Daran, wie er mich ansieht, merke ich, dass es umgekehrt genauso gilt. Irgendetwas an ihm erinnert mich an Rolando und die Art, wie mein Bruder mich immer angesehen hat. Als machte er mir Vorwürfe.

Eine Feder hat Gewicht; ein Vogel hat auch Gewicht. Wer am leichtesten ist, kann fliegen. Das sagte immer Dona Martina, meine verstorbene Mutter. Für mich aber ist jede Leichtigkeit eine Belastung, und meine Träume werden nie zu nächtlichen Flügen. Ein ständiger Habacht-Zustand lässt mich wie einen Betrunkenen einschlafen und aufwachen, wie einen Schiffbrüchigen untertauchen und auftauchen. Das Erbe der verhängnisvollen Nacht, als Rolando meinen Vater erschoss. Schlaflosigkeit bringt Erinnerungen, die ich nicht haben möchte; der Schlaf löscht Erinnerungen, die ich bewahren möchte. Schlaf ist meine Krankheit, mein Wahnsinn.

Auf dem Flug überkommt mich Schläfrigkeit. Ich tue so, als schliefe ich, um dann so zu tun, als würde ich vom Zerreißen eines Blatts Papier aufgeweckt. Gustavo entschuldigt sich mit schüchternem Lächeln.

»Ich will einen Brief an meine Freundin schreiben. Nach alter Art. Einen fingierten Brief, nur um mich abzulenken, davon abzulenken, dass ich Sehnsucht nach ihr habe.«

Einen fingierten Brief? Gibt es Briefe, die nicht fingiert sind? Und ich denke an die Liebesbriefe, die mein Vater meiner Mutter diktierte. Es war ein Ritual in den Spätabendstunden, wenn man die Frösche in den Teichen ringsum quaken hörte. Wir waren Schwarze und zu Schwarzen degradierte Mulatten. Wir waren an den Außenrand des Viertels gedrängt, wo Regen und Krankheiten sich sammelten. Martina Baleiro, meine Mutter, machte sich zum Schreiben

hübsch. Nur in dieser Situation bekam sie Kompli-
mente von ihrem Mann. Nur in dieser Situation verhielt er sich ihr gegenüber sanft, fast unterwürfig, als
bäte er um Verzeihung. Meine Mutter saß regungslos über das Papier gebeugt, ein Anblick wie auf einem alten Gemälde. Neben ihr schrieb Rolando seine
endlosen Hausaufgaben. In diesem Augenblick war er
älter als unsere eigene Mutter. Noch heute klingt in
mir die Stimme unseres Vaters nach, wie er Silbe für
Silbe diktiert: »Mein lieber Henrique, mein geliebter
Mann, einzige Liebe meines Lebens ... schreibst du
das, Martina?«

Und er diktierte lange Briefe, immer dieselben,
wobei er die Wörter lallte, als wäre er betrunken. Wie
schwer Vater sich mit den Wörtern tat! Ich habe diese
problematische Beziehung zum Schreiben geerbt, im
Gegensatz zu Rolando, der mit Buchstaben spielte.
Vielleicht irritiert es mich deshalb, wie fließend mein
Reisebegleiter Zeile um Zeile füllt. Oder stört mich
vielleicht, dass ich keine habe, der ich einen Liebes-
brief schreiben könnte?

Der Schriftsteller ist mit seinem fingierten Brief fertig,
faltet das Blatt sorgfältig zusammen und steckt es in
einen Umschlag. Er öffnet den Reißverschluss seiner
Reisetasche und steckt den Umschlag zwischen di-
verse andere Umschläge. Der Brief mag fingiert sein,
doch die Inszenierung ist überzeugend. Und wieder
überkommt mich die Erinnerung. Weit weg von hier
vollendete Henrique Baleiro das Ritual: Regelmäßig
steckte er den Brief in einen Umschlag, leckte ihn an

und steckte ihn anschließend in den Koffer. Er nahm die Briefe auf seine langen Jagdexpeditionen mit. Und ebenso ein unscharfes Foto von Martina.

»Es ist so unscharf, damit andere es sich ansehen können, aber nicht zu genau.«

Eifersüchtig, der alte Henrique! Diese Eifersucht hat im Übrigen zu Blutvergießen und Trauer geführt.

Aus dem Flugzeugfenster sehe ich, wie das letzte Tageslicht zwischen Wolken vergeht. Ich muss an die Fabel meiner Mutter denken, in der die Anmaßung der Sonne verurteilt wird, und daran, dass ich, vielleicht wegen dieses Märchens, das Gefühl habe, immer dann wach zu werden, wenn es dunkel wird. Ich bin kein Tagmensch und kein Nachtmensch. Der Sonnenuntergang war die Stunde, zu der ich nach Hause ging, erschöpft vom endlosen Spielen in den wie die Savanne weiten, großen Gärten, in denen ich in meiner Fantasie auf die Jagd ging. Rolando beäugte mich, eifersüchtig auf meinen vertraulichen Umgang mit der Welt. Rolando lebte im Haus. Ich lebte draußen.

»Mutter, bitte schick mich nicht gleich unter die Dusche. Lass mich noch ein bisschen so schmutzig bleiben.«

Schweiß und Staub verlängerten für mich die Faszination des Buschs, den ich mir in den Gärten fantasierte. Da mein Vater fast nie zu Hause war, konnte Martina Baleiro ihrer mütterlichen Nachsichtigkeit freien Lauf lassen und es mir erlauben. Was für uns Erleichterung bedeutete, schien bei ihr schmerzhafte

Sehnsucht auszulösen. Während dieser langen Zeitabschnitte in Einsamkeit spielte Mutter das Ritual mit den Briefdiktaten weiter: Sie zog ihr elegantestes Kleid an – genauer gesagt, das einzige, das sie besaß – und tat, als lauschte sie dem Diktat des abwesenden Henrique Baleiro. So hingebungsvoll spielte sie die Schreibende, dass wir die schleppende Stimme unseres Vaters deutlich im Hausflur hörten.

»Warum fahren wir so schnell?«

Der Schriftsteller antwortet nicht. Nachdem das Flugzeug in Pemba gelandet ist, haben wir eine lange Autofahrt bis zum Distrikt Palma angetreten. Neun Stunden auf einer Sandpiste in miserablem Zustand erwarten uns.

In dem Geländewagen sitzen vier Personen: vorn der Schriftsteller Gustavo und ich; auf dem Rücksitz der Distriktverwalter Florindo Makwala und Dona Naftalinda, seine beleibte Gattin. Die First Lady, wie der Verwalter sie ausdrücklich bezeichnet wissen möchte, macht ihrer Position alle Ehre. Sie ist so schwer, dass sich das Fahrzeug gefährlich zu der Seite neigt, auf der sie sich niedergelassen hat.

Gustavo sitzt am Steuer. Ich wollte lieber frei sein, um den Busch längs der Piste zu beobachten. Seit zwei Stunden besteht die Landschaft aus nichts anderem als einer monotonen Aneinanderreihung von dürren, kaum wahrnehmbaren Bäumen ohne Laub.

»Warum rasen Sie so?«, frage ich noch einmal.

Die Frage ist letztlich ein Befehl. Gustavo muss kapieren, wer auf dieser Expedition das Sagen hat. Er und ich sind Gegensätze. Der Schriftsteller ist klein und weiß. Ich bin Mulatte und groß. Der Schriftsteller redet wie ein Wasserfall und sieht den Leuten direkt in die Augen. Mir dagegen raubt der menschliche Blick die Seele, je menschlicher der Blick, umso mehr werde ich zu einem Tier.

»Ist es noch weit?«, fragt Gustavo so gedämpft, dass es niemand hört.

Endlich gibt der Mann nach, angesichts meines kaum verhohlen verächtlichen Grinsens verlangsamt er das Tempo. Ich werfe einen Blick nach hinten: »Schlafen Sie, Dona Naftalinda?«

Ihr Schweigen entspricht der Landschaft, es ist, als müsste die Welt erst noch entstehen. Die Stille im Auto ist noch feierlicher. Ich kenne diese Stille und weiß, wie sie an heißen Tagen in uns hineinkriecht. Zuerst lähmt sie den Wunsch, überhaupt zu sprechen. Dann wissen wir nicht mehr, was wir eigentlich sagen wollten. Und bald schon ist allein das Atmen Energieverschwendung.

»Arcanjo hat recht, fahren Sie langsamer«, sagt Dona Naftalinda. »Die Piste ist miserabel, wir werden hier hinten durchgerüttelt.«

Der Ton von Dona Naftalinda passt perfekt zu ihrem Status, sie spricht sanft wie alle, die genau wissen, was sie wollen, und deshalb nichts befehlen müssen. Mein Blick gleitet über die Landschaft wie ein Feuer, das am Steppengras züngelt. Wo der Schriftsteller Bäume sieht, sehe ich schützenden Schatten. Und in einem dieser Schatten liegen die hungrigen Löwen, die Menschen und Träume fressenden Löwen.

71

Ich bin so sehr darauf konzentriert, die schattigen Stellen prüfend zu beobachten, dass ich nicht gemerkt habe, wann auf dem Rücksitz ein lebhaftes Selbstgespräch eingesetzt hat. Der Verwalter schwadroniert über Marken, Modelle, Baujahr und Ursprungsland seiner Lieblingsautos. Und wie gut ihm so ein Wagen zupasskäme wie dieser, den unsere Auftraggeber uns zur Verfügung gestellt haben.

»Ist es noch weit?«, frage ich nur, um das Thema zu wechseln.

Der Verwalter wiederholt, was er schon zigmal gesagt hat: dass es gar nicht mehr weit sei. Und dass wir »praktisch« schon da seien. Der Schriftsteller fragt: »Merkwürdig, man sieht ja gar keine Menschen. Lebt hier niemand?«

Florindo Makwala richtet sich beleidigt auf. Wollte der Gast ihm unterstellen, dass er nur über Steine und Staub regiert?

»Die kriegen Sie gleich zu sehen. Die Leute. Jede Menge.«

»Halt, halten Sie an!«, befehle ich, öffne die Tür und bin schon halb ausgestiegen. Im nächsten Augenblick nähere ich mich auf Zehenspitzen einem Gebüsch am Straßenrand. Oben am Himmel kreisen Aasgeier. Gut möglich, dass hier irgendwo ein Kadaver verwest. Falscher Alarm. Ich gebe den anderen ein Zeichen, sie sollen aussteigen.

»Wir machen eine Pause.«

Dona Naftalinda wird aus dem Wagen gehievt. Die Aufhängung des Jeeps stöhnt leidgeprüft. Der Ver-

walter gibt ängstlich Anweisungen: »Hier unten ab-
stützen. Vorsicht, damit sie nicht fällt, um Himmels
willen, passen Sie auf.«

»Dass du es nicht wagst, mich anzufassen, Mann.
Denk daran, du darfst nicht.«

Arme heben sich, um das Ausladen der First Lady
zu bewerkstelligen. Ich zögere, weiß nicht, wo ich die
Hände hinsetzen soll. Ich fürchte, meine Arme könnten zwischen Fleischmassen und Fettrollen versinken.
Ein riesiges Gesäß vor mir verdunkelt den Tag wie
eine plötzliche Sonnenfinsternis.

»Hätte ich das gewusst, hätte ich einen Kran mitgebracht«, raunt mir der Schriftsteller zu.

Naftalinda, inzwischen festen Boden unter den
Füßen, flüstert ihrem Mann etwas ins Ohr. Verlegen
murmelt der Verwalter: »Meine Gattin muss in den
Busch.«

»Dann los«, antworte ich trocken.

»Sie hat Angst.«

»Gehen Sie mit.«

»Sie möchte lieber, dass Sie sie begleiten.«

»In solchen wie in anderen Fällen ist es besser, das
macht der Ehemann.«

»Nicht dass ich Angst hätte«, erklärt Naftalinda mit
herrschaftlicher Miene. »Aber ich habe gehört, dass
die Löwen nur Frauen töten. Und ich weiß nicht, ob
ich als First Lady auch auf ihrem Speisezettel stehe.«

»Darauf können Sie sich verlassen«, bemerkt der
Schriftsteller.

»Da drüben ist es sicher«, sage ich und weise auf
ein paar Felsen etwas weiter weg. »Sie können ge-

hen, Dona Naftalinda, wir bleiben hier und passen auf.«

Um uns während des peinlichen Wartens abzulenken, täuscht der Schriftsteller vor, er interessiere sich für mein Gewehr, und sagt: »Es gab eine Zeit, da träumte ich davon, eine Waffe zu benutzen, ich wollte zur Guerilla gehen. Damals sagten wir, die Freiheit würde aus einem Gewehrlauf geboren.«

»Und, ist es so gekommen?«

»Mit der Freiheit?«

»Nein. Ich frage, ob Sie zur Guerilla gegangen sind.«

»Mehr oder weniger.«

»Wenn es um Waffen und Freiheit geht, gibt es kein Mehr oder Weniger. Haben Sie jemals erlebt, wie ein Mensch erschossen wurde?«

»Nein. Und Sie? Haben Sie schon einen Menschen erschossen, oder waren es immer nur Tiere?«

Im selben Augenblick überkommt mich die Erinnerung an meinen Vater in der Lache, die nicht nur sein eigenes Blut war, sondern das Blut aller Baleiros. Ein ernster Ton legt einen Schatten auf meine Worte. Alle, die wir getötet haben, mögen sie uns noch so fremd oder mit uns verfeindet sein, gehören für immer zu uns. Sie verlassen uns nie wieder, bleiben uns gegenwärtiger als die Lebenden.

Als Dona Naftalinda sich wieder zu uns gesellt, amüsiert sie sich über den Schriftsteller, der sich den Staub abklopft, als peitschte er sich selbst.

»Da sehen Sie mal, dass der Löwe im Vorteil ist.

Ein Löwe macht sich nie schmutzig«, behauptet Dona Naftalinda.

»Ich hätte jetzt nichts lieber als eine Dusche. Ich habe mehr Staub am Leib als Kleider«, knurrt Gustavo und schüttelt sich kräftig.

»Am besten nicht drum kümmern«, rate ich ihm sarkastisch. »Damit Ihr Körper sich allmählich an die Erde gewöhnt. Sich daran gewöhnt, dass er zu der Erde gehört, zu diesem Land.«

»Ich bin von hier.«

»Ob das so ist, kann nur die Erde bestätigen.«

Ich drehe mich um und gehe ein Stück weiter, höre aber noch, wie der Schriftsteller hinter mir wütend knurrt: »Arroganter Scheißkerl!«

Als wir zum Auto zurückkommen, sieht der Verwalter sofort nach dem Laderaum: zehn zusammengequetschte Zicklein. Sie wirken friedlich, so stupide gutmütig wie alle Wiederkäuer.

»Müsste man sie nicht besser festbinden?«, fragt Dona Naftalinda.

Die ganze Fahrt über haben die Tiere gestanden, gekonnt wie Tänzer das Gleichgewicht gehalten. Florindo erklärt stolz: Ziegen sind fürs Autofahren wie geschaffen, sogar über einem Abgrund, wo sie keinen Boden unter den Hufen haben, können sie das Gleichgewicht halten.

Dann breitet der Verwalter die Arme zu einer freundschaftlichen Geste aus: »Vergessen Sie nicht, Genosse Jäger: Eins von den Zicklein soll den Löwen ködern. Sie können sich aussuchen, welches.«

»Hier liegt ein Missverständnis vor, verehrter Herr Verwalter. Oder vielmehr nicht nur eins. Erstens bin ich nicht Ihr Genosse. Und außerdem, was noch wichtiger ist: Ich jage nicht mit Köder. Ich bin Jäger und kein Angler.«

»Wie Sie wollen. Aber eins steht fest: Egal, ob Sie angeln oder jagen, Sie müssen die Löwen erlegen. Das ist eins meiner politischen Ziele.«

Für ihn sind die menschenfressenden Löwen ein politisches Thema.

»Meine Vorgesetzten«, sagt er energisch, »haben sehr deutliche Anweisungen erteilt. Das Volk kann wählen, Tiere nicht. Dieser Grund für Beschwerden seitens der Bevölkerung muss schnellstens beseitigt werden.« Und er wiederholt seinen summarischen Befehl: »Sie müssen die Löwen töten.«

»Das werde ich nicht tun. Darauf können Sie sich verlassen.«

»Was sagen Sie da?«

»Ich bin Jäger. Ich töte nicht, ich jage.«

»Ist das nicht dasselbe?«

»Für Sie vielleicht. Für mich sind das zwei völlig verschiedene Dinge. Und lassen Sie mich noch etwas sagen, bevor wir das Dorf erreichen. Ich bin nicht von der Verwaltung beauftragt. Anweisungen kann mir nur geben, wer mich bezahlt.«

Wir fahren weiter, und im Nu stört eine Staubwolke die uralte Friedlichkeit der Savanne. Der Verwalter merkt, dass er in der Auseinandersetzung mit mir zurückstecken muss. Die Anwesenheit des namhaften Schriftstellers ist eine fabelhafte Gelegenheit, sein Image aufzupolieren. Übellaunig sagt er, als dächte er laut: »Töten oder jagen, die Hauptsache ist, dass die Menschen sich wieder ihrem Alltag zuwenden können. Ihrem Kampf gegen die Armut.«

Der Mann spricht nicht mehr. Er hält eine Rede. Und verkündet, dass die Expedition unter der Leitung seiner Partei die Menschen davon erlösen wird, zur Armut verdammt zu sein. Er benutzt dieses große Verb: erlösen. Im Rückspiegel beobachte ich, wie der Staub verfliegt, und angenehme Schläfrigkeit überkommt mich. Wie sehr wünschte ich mir, erlöst zu werden! Mich wie ein Ertrinkender in die Arme eines Erlösers sinken zu lassen. Besser gesagt, die einer Erlöserin, in Luzilias.

»Wenn Sie auf die Jagd gehen, komme ich mit, Genosse Arcanjo«, erklärt der Verwalter.

»Auf die Jagd geht niemand mit«, antworte ich. »Auf der Jagd gibt es nur zwei: den, der tötet, und den, der stirbt.«

»Aber mein Volk muss mich sehen können, sie müssen sehen, wie ich mit der Trophäe ins Dorf zurückkehre.«

Endlich kommen Häuser in Sicht.

»Nicht mehr lange«, sagt Naftalinda, »dann laufen die Menschen in Scharen auf die Straße.«

»Wer in diesen Häusern wohnt, sind keine Menschen«, wirft der Verwalter ein.

»Keine Menschen?«, fragt Gustavo. »Wer denn sonst?«

»Es ist die Angst, die da jetzt wohnt«, erhält er zur Antwort.

Neun Stunden nachdem wir die Provinzhauptstadt Pemba verlassen haben, erreicht unsere Gruppe das Dorf. Der Verwalter hatte recht. In Kulumani wohnt nicht nur die Angst. Der Menschenmenge, die uns umringt, steht Panik ins Gesicht geschrieben.

»Halten Sie nicht mitten auf der Straße an«, verlangt Makwala.

Ich lache. Die Straße ist so schmal, dass sie gar keine Mitte hat. Und sie hat auch keine Böschungen – alles ringsum hat die Farbe des Staubs angenommen. Ich selbst bin so eingestaubt, dass ich das Gefühl habe, mein Körper sei innen wie außen gleich. Ich schüttele mich, meine Hände sehen aus wie Staubwolken, die sich gerade aus mir gelöst haben. Ein Hustenanfall erschüttert meinen Brustkorb. Etwas Nebulöses ergreift von mir Besitz.

Fast unbemerkt hat sich eine riesige Menschenmenge um uns geschart. Die Gattin des Verwalters flüstert mir eine Erklärung ins Ohr: Sie haben zu unserer Begrüßung Bauern aus anderen Dörfern mobilisiert. Entgegen allen Sicherheitsvorschriften werden diese Dorfbewohner im Dunkeln zu Fuß zu ihren Häusern zurückkehren. Aber es scheint unvermeidlich, die Macht eines Oberhaupts misst sich an der Größe der Empfangszeremonie. Und Florindo Makwala wollte sich die Gelegenheit, uns zu beeindrucken, nicht entgehen lassen. Auch ihn zu loben überlässt er keinem anderen, er spornt Gustavo Regalo an: »Sehen Sie, werter Herr Schriftsteller? Das Volk liebt uns. Mich und meine Partei. Schreiben Sie das, fotografieren Sie das alles.«

In der Menge fasst mich jemand am Arm. Verwirrt reagiere ich, indem ich ihm die Hand reiche. Da merke ich, dass er blind ist. In seiner Orientierungslosigkeit hat er mich angestoßen, worauf ich stehen geblieben bin. Er trägt einen Tarnanzug vom Militär, ein Kontrast zu seinen bloßen Füßen.

»Da seid ihr ja!«, ruft der Blinde, als wäre uns dies vom Schicksal bestimmt gewesen. Und dann teilt er mit: »Ihr seid gekommen, um euer Blut in Kulumani zu vergießen.«

Plötzlich gebe ich einem merkwürdigen Impuls nach und winke der Menge zu. Ich denke an andere Situationen zurück, wo man mich als Retter empfangen hatte. Diese Leute aber sehen mich schief an. Die klebrige Hand des Blinden fasst mich wieder am Arm: »Sie haben ein Gewehr mitgebracht? Wozu? Diese Löwen kann man nicht mit Kugeln töten.«

So entschlossen, wie er mich verfolgt, kommen mir Zweifel, ob er tatsächlich blind ist. Mein Verdacht verstärkt sich, als er sich verzweifelt wie ein Ertrinkender an mich klammert und fragt: »Können Sie mich sehen?«

»Warum fragen Sie?«

»Uns hier, die Leute aus Kulumani, kann niemand sehen, nur die Mwavi, die Zauberkundigen, die kümmern sich um uns.«

Der Verwalter hilft mir, den aufdringlichen Blinden loszuwerden. Er schiebt mich vor den Jeep, wo die Scheinwerfer eine kleine Fläche beleuchten, und raunt mir zu: »Wir kommen im Dunkeln an. Manche halten uns für Vashilo.«

»Für was?«

»Vashilo, Nachtmenschen. Wir sind die Einzigen, die um diese Uhrzeit Dörfer besuchen.«

Dann befiehlt der Verwalter laut: »Platz da! Wir sind gekommen, euch zu erlösen, wir bringen den, der die Löwen töten wird.«

Der Blinde macht eine Verbeugung, stützt sich wieder auf meinem Arm ab und verkündet: »Es gibt kein Sterben, kein Töten. Ihr seid alle zum Sterben zu uns gekommen.«

Ich blicke in die Runde. Vor zwei Nächten wurde hier eine junge Frau getötet. Vor ihr sind rund zwanzig andere Menschen von den Raubtieren gefressen worden. Nicht weit von hier dürften im Steppengras noch blutige Fährten zurückgeblieben sein, unauslöschliche Spuren unsäglicher Verbrechen. Ich denke an den Schmerz und die Angst dieser Menschen. Daran, wie schutzlos dieses Dorf ist, so weit weg von Gott und der Welt. Kulumani ist noch verwaister als ich.

Es ist dunkel geworden, es gibt keine Schatten mehr.

Eine unverständliche Erinnerung

Jeden Morgen wacht die Gazelle in dem Bewusstsein auf, dass sie schneller laufen muss als der Löwe, weil sie sonst getötet wird. Jeden Morgen wacht der Löwe in dem Bewusstsein auf, dass er schneller laufen muss als die Gazelle, weil er sonst verhungern wird. Ob du Löwe oder Gazelle bist, spielt keine Rolle – wenn die Sonne aufgeht, solltest du loslaufen.

Afrikanisches Sprichwort

Gestern Abend, als die Fremden in Kulumani anka-
men, habe ich gar nicht zusehen wollen, wie sie vor
dem Verwaltungsgebäude empfangen wurden. Ich
hätte meinem Arrest für kurze Zeit entkommen können. Aber ich habe es nicht versucht. Jahrelang habe
ich für den Traum gelebt, Arcanjo Baleiro wieder-
zusehen. Nun war er hier, nur ein paar Schritte weit
weg, aber ich hielt mich fern, blieb ungerührt und
beobachtete die Menge, die sich um die Delegation
scharte. Wie die Aasgeier. Sie zehrten von den Resten.
Von dem, was von uns übrig geblieben ist. Und das
habe ich auch zu meiner Mutter gesagt, wie die Aasgeier. Und einer hiesigen Weisheit zufolge verlieren
Raubvögel auch nach dem Tod nicht ihr Augenlicht.

Hanifa Assuluas herrische Stimme holt mich in die
Gegenwart zurück: »Schlaf nicht unter deinen Wim-
pern, Mariamar! Geh und hack einem Huhn den
Hals ab.«

Zu Ehren der Besucher wird ein großes Festmahl
vorbereitet. Wir Frauen werden im Hintergrund bleiben. Wir waschen, fegen, kochen, aber keine von uns
wird sich mit an den Tisch setzen. Meine Mutter und
ich wissen, was wir zu tun haben, auch ohne ein Wort

zu wechseln. Meine Aufgabe ist es, in unserem Stall ein Huhn zu fangen, es zu schlachten und zu rupfen. Während ich hinter dem aufgeregt gackernden Huhn herlaufe, höre ich in meinem Rücken Schritte, als wollte sich jemand der Jagd anschließen. Ich bleibe stehen, halte den Atem an, mein Blick sucht sehnsüchtig den Boden ab. Ich sehe niemanden, ein ängstlicher Seufzer entringt sich meiner Brust: »Bist es du, Schwester?«

Schließlich sehe ich ein, dass ich allein auf der Leiter sitze, die zur Stange hinaufführt, auf der die Hühner nachts vor den kleinen Raubtieren in Sicherheit sind.

Irgendwo, ganz in der Nähe, ist Arcanjo Baleiro untergebracht. Und ich, einsam im Hof, rupfe das Huhn, das ich mir zwischen die Knie geklemmt habe. Die Federn flattern in dem unsteten leichten Wind davon. Plötzlich sehe ich Silência im Gegenlicht, wie sie die schwebenden Federn mit den Händen einfängt. Sie formt die Hände zu einer Muschel, damit ihr nichts durch die Finger gleitet, und reicht mir das weiche Knäuel. Ich nehme das Geschenk entgegen und höre ihre vertraute Stimme: »Sieh her, Schwester. Dies ist mein Herz. Die Löwen haben es nicht mitgenommen. Du weißt, wem du es geben sollst.«

Ich merke, dass mir an den Armen, dem Hüfttuch, den Beinen Blut hinunterläuft. Sicherlich Blut von dem Huhn, es sieht ganz danach aus, aber Benommenheit trübt mir den Blick. Unbändige Wut bricht aus mir heraus, wie aus einem brodelnden Vulkan. Und dann die Stimme meiner Mutter vom Haus her:

»Was ist, Mariamar, hast du das Huhn noch immer nicht geschlachtet? Oder rupfst du wie üblich Gespenster?«

Ich will antworten, aber kein Wort kommt heraus. Plötzlich habe ich das Sprechen verlernt, lediglich heiseres Krächzen schüttelt meine Brust. Erschrocken springe ich auf, streiche mir mit beiden Händen über die Kehle, den Mund, das Gesicht. Ich rufe um Hilfe, bringe aber nur einen hohlen Schrei heraus. Und dann tritt das ersehnte Gefühl auf – sandiges Kratzen oben am Gaumen, als hätte man mir eine Katzenzunge eingepflanzt. Hanifa Assulua erscheint in der Tür, die Hände in den Hüften, sie mahnt: »Schon wieder so ein Anfall, Mariamar?«

Mutters Auftritt erschreckt Silência. Ich höre, wie sich ihre Schritte rasch entfernen, während aufgeregtes Gackern mir bestätigt, dass die Hennen sie auch gespürt haben. Dass eine von ihnen tot in meinem Schoß lag, haben sie nicht wahrgenommen. Aber das Davonhuschen der verstorbenen Besucherin haben sie bemerkt. Wenn es wahr ist, dass ich verrückt bin, dann bin ich genauso verrückt wie die Hühner.

Mutter kommt neugierig näher. Langsam hebt sie die Hände zum Gesicht, als suchte sie nach Hilfe. Zwei Schritte von mir entfernt bleibt sie entsetzt stehen: »Was hast du mit dem Huhn gemacht? Hast du das Messer nicht benutzt, Mädchen!?«

Fassungslos dreht Hanifa sich um und sucht Zuflucht im Haus. Ich blicke auf das Huhn, das zerfetzt auf der Erde liegt. Und dann sehe ich, wie ein Aasgeier vor meinen Füßen landet.

In diesem Augenblick fällt mir eine Begebenheit ein. Nachdem die Priester sich im Krieg aus Kulumani zurückgezogen hatten, kümmerte sich niemand mehr um die Hühner der Mission. Die Hühner waren sich selbst überlassen, ihre Ställe zerfielen. Mit der Zeit verwilderten die Hühner, sie liefen zum Scharren auf dem freien Gelände herum und kehrten erst abends zurück. Die Hühnerställe stürzten ein, die alten Bretter verschwanden, von Termiten zerfressen. Das war eine Warnung. Die Grenze zwischen Ordnung und Chaos begann zu verwischen. Die Savanne kam sich zurückholen, was man ihr geraubt hatte.

Und so geschah es. Die Hühner wurden eins nach dem anderen von Aasgeiern gefressen. Die Raubvögel hatten den Platz eingenommen, der früher dem Hausgeflügel vorbehalten war, und hatten sich so eingewöhnt, dass sie uns nicht mehr fürchteten. Ein halbes Dutzend hörte schließlich sogar auf die Rufe von Großvater Adjiru, und er warf ihnen zur Belohnung Fettstücke hin.

Einmal wurde bei uns ein üppiges Abendessen angekündigt.

»Es gibt Hähnchen, was feiern wir?«, fragte Silência.

Der Braten kam uns verdächtig groß vor. Nur ich hatte den Mut, meinen Verdacht auszusprechen: »Essen wir Aasgeier?«

»Und was wäre, wenn?«, gab mein Vater zurück. »Hast du nie gehört, dass wir Jäger die Augen der Geier essen, damit wir so scharf sehen können wie sie?«

Ich habe nie erfahren, was ich gegessen habe. Tatsache aber ist, dass ich seit dieser Mahlzeit nie mehr erholsam tief geschlafen habe. Albträume rissen mich aus dem Schlaf, und ich wachte mit außergewöhnlichen Gelüsten auf, mit einer Gier, die mir die Sinne raubte. So wie dieser Hunger mich übermannte, das war nichts Menschliches. Genauer gesagt, hatte ich nicht nur Hunger. Ich empfand Hunger von Kopf bis Fuß, und klebriger Speichel lief mir über das Kinn.

»Es ist frühmorgens, und du sitzt immer noch an den Resten vom Abendessen? Was für ein Hunger ist das denn?«, fragte verwundert mein Großvater, seit jeher ein Frühaufsteher.

Man brachte mich zur Untersuchung ins Krankenhaus nach Palma. Es könnte Diabetes sein, vermutete ein Pfleger. Ein unbegründeter Verdacht. Keine Untersuchung ergab irgendeine Krankheit, ich kehrte nach Kulumani zurück, ohne von den rätselhaften Anfällen befreit zu sein.

Der Großvater begegnete mir weiterhin noch vor Tagesanbruch auf der Veranda, wo ich in Essensresten vom Abend stocherte und Hühnerknochen aus dem Maniokmehl klaubte. Adjiru nutzte die Dunkelheit für seine andere Beschäftigung: das Schnitzen von Masken. Nach uralten Regeln war diese Arbeit geheim, niemand durfte den Verdacht hegen, dass die Masken unter seinen Händen entstanden. Sie stellten ohne Ausnahme Frauen dar. Die Göttinnen, die wir einstmals waren, wollten nicht vergessen werden. Die Hände der Männer sagten, was ihr Mund nicht auszusprechen wagte.

»Darf ich eine Maske machen?«, fragte ich.

Die Maske, sagte er, ist nicht nur das, was das Gesicht der tanzenden Person bedeckt. Der Tänzer, die Choreografie, die Musik, die in seinem Körper wirbelt, das alles ist die Maske.

»Kann ich sie denn benutzen, wenn du mit deiner Arbeit fertig bist?«

»Das hier ist keine Maske. Das ist ein Ntela, ein Amulett, wenn du so willst.«

»Um Gottes willen, Großvater! Du glaubst doch wohl nicht an so etwas?«

»Was ich glaube, spielt keine Rolle. Was die Toten glauben, darauf kommt es an. Und ohne das hier«, er drehte das Holz in seinen Händen, »ohne das hier halten die Ahnen sich von Kulumani fern. Und du bleibst fern von der Welt.«

»Entschuldige, Großvater, als Assimilierter von Geburt an solltest du solchen Glauben schon weit hinter dir gelassen haben …«

Ein angedeutetes, gutmütiges Lächeln, das war seine Antwort. Dann tadelte er mich. Ich sollte keine Essensreste in den Hof werfen.

»Das lockt die Tiere an …«

Vielleicht wollte ich ja gerade das, die Tiere in die Nähe vom Haus locken, die Unordnung des Dschungels wiederherstellen, die Hühnerställe zu Nestern der Aasgeier machen.

Im Lauf der Zeit wurden die nächtlichen Anfälle schlimmer, am Morgen waren die Laken zerrissen, alles lag über den Fußboden verstreut im Zimmer.

»Das ist jetzt nicht mehr Hunger, ich bin krank. Großvater, was passiert mit mir?«, fragte ich unter Tränen.

Der Grund für meine Krankheit sei ein Geheimnis, antwortete Adjiru einmal. Ein so gut gehütetes Geheimnis, dass selbst er es am Ende vergessen hatte.

»Das verstehe ich nicht, Großvater. Du machst mir Angst.«

Ich war krank, ja. Doch war diese Krankheit das Einzige, was mich vor meiner Vergangenheit beschützte.

»Das Problem liegt nicht bei dir, mein Kind. Das Problem liegt in diesem Haus, diesem Dorf. Kulumani ist kein Ort mehr, Kulumani ist eine Krankheit.«

Kulumani und ich waren krank. Und als ich mich vor sechzehn Jahren in den Jäger verguckt hatte, war dies nur ein inständiges Flehen gewesen. Ich hatte lediglich um Hilfe gebeten, stumm gefleht, mich von der Krankheit zu erlösen. So wie mich früher Geschriebenes vor dem Verrücktwerden gerettet hatte. Die Bücher hatten mir Stimmen geschenkt, mich gerettet wie Schatten mitten in der Wüste.

Nachdem Arcanjo abgereist war, damals, vor so vielen Jahren, hatte ich noch daran gedacht, ihm zu schreiben. Hätte ich diesem tiefen Wunsch nachgegeben, dann hätte ich endlose Briefe geschrieben. Aber ich habe es nicht getan. Ich liebte die Worte mehr als jeder andere Mensch. Doch gleichzeitig hatte ich Angst vor dem Schreiben, ich fürchtete, eine andere zu werden und dann nicht mehr zu mir selbst zurückzufinden. So wie Großvater heimlich Holzstücke bearbeitete, so hatte ich einen geheimen Auftrag. Das auf ein Stück Papier gezeichnete Wort war meine Maske, mein Amulett, mein Zaubertrank.

Heute weiß ich, wie richtig es war, die Briefe für mich zu behalten. Arcanjo Baleiro wäre bestimmt misstrauisch geworden, wenn er eigenhändig geschriebene Briefe von mir erhalten hätte. In Kulumani wundern sich viele über meine Schreibfertigkeiten. In einem Ort, wo die meisten Menschen Analphabeten sind, weckt es Befremden, dass ausgerechnet eine Frau die Schrift beherrscht. Und sie glauben, ich hätte das Schreiben in der Mission bei den portugiesischen Priestern gelernt. Tatsächlich aber ist meine Schule schon älter. Ich habe durch die Tiere lesen gelernt. Die ersten Geschichten, die ich gehört habe, handelten von wilden Tieren. Fabeln haben mich mein Leben lang gelehrt, richtig von falsch zu unterscheiden, gut und schlecht auseinanderzuhalten. Mit einem Wort, es waren Tiere, die mich haben menschlich werden lassen.

Meine Lehre verlief ohne Plan, doch mit einer bestimmten Absicht. Mein Großvater und mein Vater brachten von der Jagd das Fleisch mit, das wir aßen, und die Felle, die wir verkauften. Mein Großvater aber brachte noch etwas mit. Kleine Trophäen aus dem Busch, die er mir schenkte: Krallen, Hufe, Federn. Diese Überreste legte er vor der Haustür auf einen Tisch. Unter jedes einzelne Teil schrieb Adjiru

Kapitamoro auf ein altes Blatt Papier einen Buchstaben. Ein »A« für die Feder eines Adlers, ein »Z« für den Huf einer Ziege, ein »M« für Munda, so heißt der Pfeil in der Sprache unserer Gegend. Und so zog das Alphabet in einer Parade vor meinen Augen vorbei. Jeder Buchstabe ließ mich die Welt in einer neuen Farbe betrachten.

Einmal lag auf dem Blatt Papier eine Löwenklaue. Mein Großvater hockte sich neben mich, rollte die Zunge am Gaumen zusammen und schnalzte wie mit einer kleinen Peitsche ein lautes »L«. Seine riesige Hand führte mir die Hand, und ich malte den Buchstaben auf das Papier. Als ich fertig war, lachte ich triumphierend. Zum ersten Mal stand ich einem Löwen gegenüber. Und die auf das Papier geschriebene Raubkatze kniete mir zu Füßen.

»Vorsicht, meine liebe Enkelin. Schreiben ist eine gefährliche Form von Eitelkeit. Sie macht anderen Menschen Angst …«

In einer Welt von Männern und Jägern war das Wort meine erste Waffe.

Vom Guavenbaum im Garten aus spähe ich hinüber zum Dorfplatz. Noch nie habe ich die Shitala, die Versammlungshalle, so voller Menschen erlebt. Sie haben gegessen, sie haben getrunken, das Stimmengewirr ist angeschwollen. Die Gäste kann ich nicht sehen, sie werden vom Vordach verdeckt. Ich mache es mir bequemer auf dem glatten Baumstamm und atme den Duft der reifen Guaven ein, um die Wartezeit zu überbrücken. Und da sehe ich Arcanjo, wie er auf den Platz hinaustritt, an die frische Luft. Er hat sich nicht sehr verändert, er ist korpulenter geworden, hat aber immer noch die Haltung eines Prinzen. Mein Herz in der Brust macht einen Satz. Hier oben im Baum habe ich das Gefühl, mich über der Welt und der Zeit zu befinden.

Plötzlich sehe ich Naftalinda mit energischen Schritten über den Platz gehen. Was macht sie an diesem für Frauen verbotenen Ort? Ich kenne sie von klein auf, habe mit ihr die Einsamkeit in der Missionskirche geteilt. Die einen sagen, sie sei durch ihr Gewicht verrückt geworden. Ich vertraue ihrer Verrücktheit. Nur kleine Anfälle von Verrücktheit können uns vor der großen Verrücktheit bewahren.

Der Anblick des Platzes voller Menschen versetzt mich in frühere Zeiten. Ich denke daran zurück, wie mein Großvater mich manchmal zu einem Spaziergang durch das Dorf abholen kam. Er nahm mich an die Hand und führte mich zur Shitala, der Halle der Ältesten. Schon meine Anwesenheit an diesem Ort war eine Ketzerei, die nur er sich erlauben konnte. Die Männer fragten Großvater Adjiru nach seinen Jagdabenteuern. Anfangs zögerte er. Manchmal zog er mich in die Mitte der Versammlung und verkündete: »Du, Mariamar, du wirst Geschichten erzählen.«

»Aber ich bin doch ein Mädchen, ich habe noch nie gejagt, ich werde auch nie auf die Jagd gehen ...«

»Wir haben alle schon gejagt, wir sind alle schon gejagt worden«, erwiderte er.

Er spielte auf Zeit, bis er zum Mittelpunkt der Welt wurde. Denn dann richtete er sich auf, kraftvoll und ganz alterslos, und seine Worte schwirrten stolz durch den Raum. An einem bestimmten Punkt hielt Adjiru inne, er seufzte, sein Blick suchte ein Ziel, gab zu verstehen, dass es eine lange Erzählung würde. Er setzte sich, ganz verschwitzt. Aber er suchte nicht nach einem Halt. Er suchte nach einem Thron. Denn von nun an sollte Adjiru Kapitamoro herrschen. Eigentlich erinnerte er sich nicht an die Jagd, er erlebte sie neu. In diesem Raum, in ebendiesem Moment lauerte Großvater vor den staunenden Blicken der Zuhörer seiner Beute auf. Und das gespannt schweigende Publikum fürchtete nicht, die Erinnerungen des Jägers zu verscheuchen, sondern die Tiere, hinter denen er her war.

»Erzähl uns noch eine Geschichte, Adjiru. Erzähl, wie es einmal ...«

Großvater hob abwehrend den Arm. Er lehnte die Aufforderung ab. Für einen Jäger gibt es kein »Es war einmal«. Denn alles entsteht an Ort und Stelle, im Klang seiner Stimme. Eine Geschichte erzählen heißt, Schatten auf die Flamme zu werfen. Alles, was das Wort preisgibt, wird im selben Augenblick von der Stille aufgesogen. Nur wer mit vollkommener Hingabe der Seele betet, kennt das Aufleuchten des Wortes und seinen Sturz in den Abgrund.

Eines Abends, die Geschichte war schon ziemlich lang, und etliche Getränke hatten die Runde gemacht, da unterbrach ihn Genito Mpepe lallend:

»He, Adjiru! Du bist ein verdammt guter Schwindler!«

Das saß. Adjirus fassungsloser Blick besagte, dass Genito an einen wunden Punkt gerührt hatte. Gekränkt erklärte Adjiru mit erhobenem Finger: »Du, Genito, hast dir jetzt selbst geschadet.«

Am Boden zerstört, verließ der Großvater die Shitala und verschwand in der Nacht. Nur ich ging mit ihm. Ich setzte mich draußen in der Dunkelheit hin und wartete darauf, dass er sprach. Endlich, nach einer langen Pause und vielen Seufzern, beklagte er sich: »Warum? Warum hat Genito das getan?«

»Mein Vater ist betrunken.«

»Undankbar ist er. Allesamt sind sie das. Was sie Lügen nennen, nenne ich Begabung.«

Sein Blick verlor sich in der Ferne. Adjiru hing tausend Gedanken, tausend Erinnerungen nach. Allmählich flaute sein Ärger ab.

»Weißt du was, Mariamar? Das Traurige dabei ist, dass Genito recht hat, auch wenn er betrunken ist. All die Großtaten in meinen Erzählungen, das ist alles Rauch ohne Feuer.«

Einem Jäger sollte man nicht trauen, sagte er. Nicht weil der Jäger ein Lügner wäre. Sondern weil die Jagd die Wahrheit eines Tanzes besitzt, wie Körper, die der eigenen Realität entfliehen. So verstand es Adjiru.

Im Grunde, erklärte er, besteht der Lebensweg eines Jägers aus Versagen und Vergesslichkeit. Jeder, der auf die Jagd geht, ist ein Versager, und möge er noch so genau zielen. Auf jeden Erfolg kommen tausend Niederlagen. Deshalb erfindet ein Jäger Heldentaten, denn er glaubt nicht an sich selbst, er fürchtet seine eigene Schwäche mehr als die wildeste Beute.

»Wenn ich wenigstens ein Lügner wäre. Denn im Grunde bin ich nichts. Ich habe nie etwas getan.«

»Sag das nicht, Großvater. Du hast so viel gejagt.«

»Weißt du was, mein Kind? Beim Jagen leistet die Beute mehr als der Räuber.«

Er beschwerte sich nicht. Letztlich strebte er nur an, keinerlei Pflichten zu haben. Glücklich sein, sagte er immer, besteht darin, nichts zu tun, glücklich sein bedeutet lediglich, Gott geschehen zu lassen. Und dann schwieg er, während seine Hände nervös über die Knie strichen. Plötzlich stand er energisch auf, als wäre ein neuer Geist in ihn gefahren. Mit festem Schritt begab er sich abermals zur Versammlungshalle, bestieg einen Stuhl, blähte die Brust und wandte sich an die Menge.

»Wollt ihr Geschichten? Gut, dann will ich euch eine Geschichte erzählen. Eure Geschichte.«

»Jetzt geht das wieder los«, grummelten einige.

»Habt ihr schon vergessen, dass ihr einmal Sklaven wart?«, sprach Adjiru weiter.

»Da haben wir den Mist«, bemerkten andere.

»Oder habt ihr schon vergessen, dass man uns auf die andere Seite vom Ozean gebracht hat? Keiner von uns ist zurückgekommen. Oder habt ihr meinen Vater Muarimi Kapitamoro vergessen? Den haben sie nach São Tomé gebracht, wisst ihr noch?«

»Wir gehen«, riefen die Männer im Chor. Und an mich gewandt, fügten sie hinzu: »Komm mit, der redet jetzt gleich wie ein Wasserfall.«

Einer nach dem anderen gingen sie davon, bis nur noch ich in der offenen Halle saß und mit Herzklopfen auf den wackeligen Stuhl starrte, auf dem mein Großvater seine flammende Rede hielt. Fast stimmlos versuchte ich noch, ihn in die Gegenwart zurückzuholen. Doch in dieser Situation war ich für ihn unsichtbar. Ein hitzig erregter Prophet hatte von meinem Großvater Besitz ergriffen.

»Nichts erinnert an die Sklaven, und weißt du, warum? Weil Sklaven kein Grab haben. Eines Tages wird auch in Kulumani niemand mehr ein Grab haben. Und nichts, überhaupt nichts wird mehr daran erinnern, dass hier Menschen gelebt haben ...«

»Großvater, lass uns nach Hause gehen.«

»Heute muss man uns nicht mehr auf Schiffe verladen. São Tomé ist hier, in Kulumani. Hier leben wir alle zusammen, Sklaven und Sklavenherren, Arme und Herren der Armut.«

In diesem Augenblick in der inzwischen leeren Halle sah ich Großvater Adjiru so an, als wäre er ein kleiner Junge, noch einsamer und schutzloser als ich. Ich ging zu dem Stuhl, der seine Bühne war, reckte den Arm hoch hinauf, um seine Hand zu berühren.

»Komm, Großvater. Lass uns nach Hause gehen.«

Arm in Arm gingen wir den Pfad am Fluss entlang.

Ein langer, unvollendeter Brief

Der Mann sieht den Nebel; die Frau sieht den Regen.

Sprichwort aus Kulumani

An diesem Abend haben sie uns zum Zeichen größter Gastfreundschaft im Gebäude der Verwaltung untergebracht. Man hat uns vorgeschlagen, die Aktenstapel beiseitezuschieben und abgewetzte Sofas zu benutzen, die dort vergammelten. Auf diese Weise bekämen wir improvisierte Tische und Betten.

Überaus liebenswürdig steht der Verwalter in der Tür und verabschiedet sich breit lächelnd: »Morgen kommt eine Frau aus dem Dorf, um sauber zu machen und für Sie zu kochen.«

»Es sollte Tandi sein, unser Hausmädchen«, korrigiert ihn die First Lady. »Leider ist es so, dass sie ...«

»Sie ist unpässlich«, fällt Florindo ihr schnell ins Wort.

»Unpässlich? Was soll das heißen, Mann? Unpässlich?«

Makwala schiebt seine Frau freundlich, aber bestimmt nach draußen. Im Hof diskutieren sie weiter. Allmählich werden ihre Stimmen leiser. Anscheinend sind sie weggegangen, doch Naftalindas nervöse Schritte zeigen an, dass sie zurückkommt, um uns gegenüber das letzte Wort zu haben: »Nur damit das klar ist: Unpässlich bedeutet überfallen, fast tot. Und es waren keine Löwen. Die größte Gefahr in Kulumani sind nicht die Raubtiere aus dem Busch. Sie müssen vorsichtig sein, Freunde, sehr vorsichtig.«

Die Frau geht wieder hinaus, und ich denke, welch ein Wunder, dass es eine Tür für so einen Körper gibt. Ich fahre mit dem Finger über die Schreibtischplatte und muss lächeln: Umgeben vom Staub der Zeit und Stapeln toter Buchstaben, werde ich dieses Tagebuch schreiben. Und es ist nichts anderes als ein langer, unvollendeter Brief an Luzilia.

Ich wecke den Schriftsteller unnötig energisch. Er war kurz vorher eingeschlafen, vermutlich taucht er aus einem tiefen Brunnen auf.

»Ich brauche Ihre Hilfe. Fahren Sie mit dem Auto hinter mir her, damit ich den Pfad vor mir sehen kann …«

»Was ist los?«

»Die Leute hier haben überall Fallen aufgestellt.«

»Ja und?«

»Ich bin Jäger, ich arbeite nicht mit Fallen.«

Ich gehe zu Fuß los, während der verschlafene Schriftsteller langsam hinter mir herfährt. Hier und da sammle ich eine Falle ein und werfe sie auf die Ladefläche des Wagens. Ein Stück weiter erblicke ich ein mehr als mannshohes Gebilde aus Baumstämmen, auf denen ein strohgedecktes Dach ruht.

»Sieht nach einer Hütte aus«, warnt der Schriftsteller.

»Das ist ein Utegu, eine Löwenfalle.«

Ich führe ein Seil zwischen den Baumstämmen hindurch, binde es an den Wagen und sage Gustavo, er soll im Rückwärtsgang Dach und Palisaden wegziehen.

»Los, geben Sie Gas!«

Das Aufheulen des Motors und dazu mein ungeduldiges Rufen versetzen mich zurück in meine Kindheit. Ich denke daran, wie mein Vater eines Tages beschloss, ich solle mit ihm in den Busch gehen. Meine Mutter war strikt dagegen. Abgesehen davon, dass die Jagd gefährlich war, befanden wir uns im Krieg. Sie stritten vor der Haustür, es war frühmorgens, und das Geschrei meiner Mutter weckte die Nachbarn. Da beschloss der alte Baleiro, die Diskussion zu beenden. Er stieß mich in den Jeep und schloss sich mit mir in der Fahrerkabine ein. Der Jeep schoss so wahnsinnig schnell rückwärts, dass ich gegen die Windschutzscheibe geschleudert wurde, worauf diese zersplitterte. Blut lief mir warm über das Gesicht. Ich weiß noch, wie meine Mutter mich lautlos weinend auf dem Arm wegtrug. Als sie mich auf meinem Bett absetzte und mein Blut ihre Arme befleckte, erklärte sie merkwürdig ruhig: »Damit eins klar ist, Mann: Dieses Kind wird nie ein Jäger.«

Nachdem ich die Fallen eingesammelt habe, gehe ich nach Hause und schlage beim Licht einer Petroleumlampe mein Notizbuch auf. Etwas zerstreut sehe ich die Aufzeichnungen vom Tag durch.

»Sie sind Linkshänder?«, fragt der Schriftsteller, als er näher kommt.

»Ja. Aber schießen tue ich mit rechts.«

Mit der linken Hand, erkläre ich unvermittelt inspiriert, halte ich ein Kind auf dem Schoß fest. Das darf man nicht mit der Hand, die tötet.

»Merkwürdig«, erwidert Gustavo. »In den meisten Kulturen ist die linke Hand die böse. Von welchem Stamm haben Sie diese Regel übernommen?«

»Von meinem eigenen Stamm, den Baleiros. Heute besteht deren Stamm nur noch aus mir.«

»Und was schreiben Sie, wenn ich fragen darf?«

»Diese Geschichte.«

»Welche Geschichte?«

»Die Geschichte dieser Jagdexpedition. Ich werde sie als Buch veröffentlichen.«

Gustavo kann sein nervöses Grinsen nicht überspielen. Meine Mitteilung hat die Wirkung eines Schlags in die Magengrube. Eine Frage jagt die andere, ohne Pause: Ein Buch? … Und in welchem Verlag wird es erscheinen? … Und in welcher Form, als Roman, als Reportage? Bevor er alle seine Fragen heruntergespult hat, schiebe ich einen Riegel vor und frage, um ihn gleichsam zu beruhigen: »Meinen Sie, ich könnte es schaffen?«

»Warum sollten Sie es nicht schaffen?«

»Schreiben ist nicht dasselbe wie Jagen. Man braucht dafür viel mehr Mut. Muss aus sich herauskommen, sich exponieren, ohne Waffe, ganz ungeschützt …«

Gustavo merkt die Ironie in meinen Worten. Dann versucht er, mich auf meinem eigenen Terrain anzugreifen.

»Ich habe ja schon gesagt, dass ich Jagen hasse.«

»Warum sind Sie dann hier?«

»In diesem Fall gibt es keine andere Möglichkeit, Menschenleben zu schützen.«

»Wissen Sie, was ich glaube? Es ist Angst.«

»Was meinen Sie damit?«

»Sie haben Angst.«

»Ich?«

»Ja, Angst vor sich selbst. Sie haben Angst, von dem Tier gejagt zu werden, das in Ihnen steckt.«

Gustavo dreht sich um, aber ich lasse nicht locker. Ganz gleich, wie lange er in einer urbanen, modernen Welt lebe, der primitive Busch werde immer in ihm lebendig bleiben. Ein Teil seiner Seele werde immer wild bleiben, voller unbezwingbarer Monster.

»Kommen Sie mit in den Busch, dann werden Sie sehen, Sie sind ein Wilder, verehrter Herr Schriftsteller.«

»Sie können mich bezeichnen, als was Sie wollen, aber für mich ist es nicht gerade heldenhaft, auf wehrlose Tiere zu schießen. Ein so ungleicher Kampf hat nichts Ruhmreiches.«

Wortlos hole ich aus meinem Beutel die Klaue und den Zahn eines Löwen und lege sie auf den Tisch.

»Was denken Sie, was das hier ist?«

»Das sind Teile eines Löwen.«

»Teile? Das sind Waffen. Das sind die Gewehre des Löwen. Wie Sie sehen, ist der Löwe besser ausgerüstet als ich. Wer ist also der Jäger? Er oder ich?«

»Dieses Gespräch führt zu nichts.«

»Lassen Sie mich noch sagen, dass Sie als Reporter ganz schlecht angefangen haben.«

»Wieso das?«

»Weil Sie nicht begriffen haben, warum ich die Fallen zerstöre.«

»Und Sie haben noch schlechter angefangen. Sie haben sich nicht einmal dazu herabgelassen, mit den Leuten zu sprechen, bevor Sie das zerstören, was diese Menschen mit so viel Aufwand gebaut haben.«

»Wissen Sie was, Herr Schriftsteller? Es wäre besser, wenn ich statt Löwen Vampire jagen würde. Vampire verkaufen sich gut, Sie hätten einen garantierten Bestseller.«

Ich puste die Kerze aus, Dunkelheit breitet sich im Raum aus. Der Vollmond draußen weckt in mir katzenhafte Unruhe. Hinter meinen geschlossenen Lidern kehren meine Gedanken wieder zu Luzilia zurück. Doch plötzlich taucht ein anderes Bild vor mir auf. Das Bild einer schönen jungen Schwarzen. Es ist ein Mädchen aus dem Dorf, sie steht lächelnd am Fluss. Ihr Gesicht zeigt sich nicht, es kann jede beliebige Frau aus dem Dorf sein. Heute Nacht schlafe ich mit allen Frauen aus Kulumani.

Ich habe noch nicht lange geschlafen, da höre ich Gebrüll. Die Welt hält die Luft an. Nach dem Brüllen eines Löwen gibt es keine Stille.

»Hören Sie das?«, fragt der Schriftsteller aufgeregt.

»Das ist eine Löwin. Sie ist noch weit weg.«

Nach und nach wird das Brüllen leiser. Die Dunkelheit verstummt. Schließlich beginnt mein Kampf mit der Nacht.

Seit dem frühen Morgen ist eine Frau namens Hanifa Assulua da und fegt, wäscht, putzt und macht Wasser heiß, ohne ein einziges Wort zu sagen. Sie ist so unauffällig anwesend wie ein Schatten. Erst als sie geht, spricht sie mich an, doch ohne aufzublicken.

»Erinnern Sie sich an mich?«, fragt sie.

Ich kann mich nicht entsinnen. Ich erkläre ihr, dass mein Besuch damals sehr kurz war. Es ist schon so lange her, dass ich hier war, um ein Krokodil zu erlegen. Es waren nur ein paar Tage, dann bin ich abgereist und nie wieder hergekommen. Ich will mich dafür entschuldigen, dass ich eventuell unhöflich war. Doch sie scheint erleichtert, dass ich mich nicht erinnern kann.

»Sagen Sie die Wahrheit. Sind Sie nur zum Jagen hergekommen? Oder wollen Sie jemanden aus Kulumani abholen?«

»Jemanden abholen? Ich kenne hier niemanden.«

»Das ist gut so. Hier gibt es auch niemanden.«

Und mehr hat sie nicht zu mir gesagt, weder an diesem Tag noch an den folgenden Tagen. Sie bewegt sich ohne Körper, ohne Stimme, ohne Anwesenheit im Raum. Für den Schriftsteller ist die Frau eine Brücke, über die wir Kontakt zur Dorfgemeinschaft aufnehmen können. Und mehr noch: Sie ist die Mutter des jüngsten Löwenopfers. Deshalb folgt Gustavo ihr wie ein Schatten. Hanifa füllt gerade einen Kanister mit Wasser, als der Schriftsteller nach den näheren Umständen beim Tod ihrer Tochter fragt.

»Was ist in der Nacht geschehen? Befand sie sich zu dem Zeitpunkt draußen?«

»Der Löwe war drinnen.«

»Drinnen, im Haus?«

»Drinnen«, sagt sie noch einmal fast lautlos.

Sie zeigt sich auf die Brust, als wollte sie einen anderen Begriff von Innen zu verstehen geben. Dann hebt sie den Kanister mit beiden Händen an, um ihn sich auf den Kopf zu setzen, und lehnt jede Hilfe ab.

»Ich muss nach Hause, ich muss noch kochen, für das Essen zu Ihrem Empfang.«

Sie richtet sich kerzengerade auf, als wäre der Wasserkanister Teil ihres Körpers, als trüge das Wasser sie und nicht umgekehrt.

Der Verwalter erscheint am Vormittag, um uns den Fährtenleser vorzustellen, der uns auf der Jagd begleiten wird. Er heißt Genito Mpepe und ist der Mann von Hanifa, der Frau, die unsere Unterkunft putzt. So stellt Florindo ihn vor. Dann fügt er mit belegter Stimme hinzu: »Das Mädchen, das getötet wurde … war die Tochter von diesem Mann.«

Ich breite eine Karte auf dem Tisch aus und bitte den Mann, mir Angaben darüber zu machen, wo die Opfer angefallen wurden.

»Ich kann nur den Erdboden lesen. Landkarten sind eine Sprache, die ich nicht verstehe.«

So antwortet mir der Fährtenleser. Sein Auftreten ist brüsk, fast grob. Ich kenne solche Leute. Im Umgang ungehobelt, aber ausgezeichnet in der Kunst des Jagens. Doch irgendetwas vermittelt mir den Eindruck, dass Genito Groll gegen mich hegt, mir eine Kränkung vorwirft.

»Habe ich Anspruch auf eine Waffe?«

Nein. Ich antworte genauso lakonisch. Der Verwalter versucht das Eis zu brechen, indem er übertrieben enthusiastisch ruft: »Unser Jäger hat eine Erklärung für die Angriffe der Löwen. Sagen Sie es dem Genossen Genito, er muss es wissen ...«

Für mich ist offensichtlich: Die Bauern hatten die kleinen Tiere ausgerottet, aus denen die Nahrung für die großen Fleischfresser besteht. Deshalb sind diese dazu übergegangen, die Dörfer anzugreifen. Menschen sind für Löwen eine leichte Beute. Die Unterbrechung der Nahrungskette – ich benutze diesen Ausdruck mit gewisser Arroganz – sei der Grund für das ungewöhnliche Verhalten der Löwen.

»Schweine!«, stellt der Fährtenleser fest und sieht uns an.

Im ersten Augenblick denke ich, dass er uns beleidigt.

»Schuld sind die Schweine!«, sagt er dann.

Der Schriftsteller blickt noch auf und will mitteilen, dass er nicht versteht. Aber er lässt es sein, nicht verstehen ist das, was er seit seiner Ankunft in Kulumani am erfolgreichsten getan hat. Dann sagt Genito Mpepe zum Abschluss: »Die Schweine haben den Löwen den Weg gezeigt.«

Die Buschschweine sind zu den Grundstücken gekommen, angelockt durch das rings um die Häuser angepflanzte Gemüse. Die Löwen sind ihren Spuren gefolgt und so in einen Bereich eingedrungen, wohin sie sich noch nie gewagt hatten.

Später, als ich meine Sachen zusammenräume, ertappe ich den Schriftsteller dabei, dass er sich mein Tagebuch ansieht. Ich greife nicht ein. Lasse seine Finger gierig in dem kleinen Heft blättern. Denn anstatt mich zu ärgern, erfüllt mich sein Interesse unerwartet mit Eitelkeit. Sollte der Künstler meiner Kunstfertigkeit einen gewissen Wert beimessen?

Ich weiß nicht – und werde nie erfahren –, was Gustavo von dem hält, was er da liest. Ich weiß nur, dass an einem gewissen Punkt seine Hände zittern und etwas in seinen Augen aufflackert.

Die in Gustavos Händen zitternden Seiten versetzen mich zurück in meine Kindheit. Ich sehe wieder den Tag vor mir, als Rolando den wahren Inhalt der Briefe überprüfen musste, die unsere Mutter ständig schrieb. Und ich sehe meinen Vater, der, die Arme vor der Brust verschränkt, auf das höchstrichterliche Urteil wartete.

Tatsächlich fragte auch ich mich: Entsprachen die Briefe, die Martina schrieb, getreu dem, was unser Vater diktierte?

Damals geschah das hier: Mein Vater unterbrach sein Diktat und blieb eine ganze Weile stumm.

»Was ist?«, fragte seine Frau, da sie ihn in Gedanken verloren sah.

»Ich glaube nicht, dass du schreibst, was ich dir diktiere«, sagte er und trat energisch auf sie zu.

Mit einem Ruck riss Henrique Baleiro seiner Frau den Brief aus den Händen. Er drehte das Blatt vor sich hin und her, als sähe er durch das Papier hindurch. Das war für mich der Beweis eines alten Verdachts: Mein Vater konnte nicht lesen.

»Rolando, komm her, mein Sohn.«

Mein Bruder stand auf, er zitterte am ganzen Körper. Unser Vater reichte ihm das Blatt, den Blick fest auf seinen Erstgeborenen gerichtet.

»Lies laut vor, was da steht.«

Rolandos weit aufgerissene Augen rangen offensichtlich darum, deutlich zu sehen. Die Zeilen tanzten in seinen zitternden Händen. Seine Stimme glich einem Knäuel ohne Anfang.

»Lies!«

»Was, Vater?«

»Lies! Egal, welchen Teil.«

Der Blick meiner Mutter war ein einziges Flehen. Rolando sah mich verängstigt und in Panik an. Dann holte er tief Luft, und als seine Stimme durch den Raum schwang, erkannte ich sie nicht wieder: »Mein lieber Henrique, mein geliebter Mann …«

»Weiter, lies weiter …«

»… einzige Liebe meines Lebens.«

Ich blickte meine Mutter an und sah in ihrem Gesicht Traurigkeit, die Traurigkeit der ganzen Menschheit.

Bald schon wird das Begrüßungsfest beginnen, das in der Dorfmitte stattfinden soll. Der Schriftsteller will die Zeit nutzen und in der verbleibenden Stunde mit Zeugen sprechen und Aussagen sammeln. Ich gehe mit. Wir laufen ziellos über die Wege von Kulumani. Ich marschiere, das Gewehr geschultert, im Militärschritt voraus. Der Schriftsteller fragt zum wiederholten Mal, wozu ich am helllichten Tag und mitten im Dorf eine Waffe brauche.

»Tiere unterscheiden anders als wir zwischen Tag und Nacht, Dorf und Busch.«

Jetzt kann ich ermessen, wie groß der Ort ist. Die Hütten erstrecken sich bis auf die andere Flussseite und bedecken den Hang am gegenüberliegenden Ufer. Das Dorf ist gewachsen, seit ich zum letzten Mal hier war. Es sind sicherlich Kriegsflüchtlinge, die sich am Ufer des Lideia niedergelassen haben.

Die Dorfbewohner grüßen uns und lassen uns auf den schmalen Wegen den Vortritt. Manche scheinen sich an mich zu erinnern, und ich verteile Freundlichkeiten: »Umumi?«

»Nimumi«, antworten sie fröhlich und erstaunt, dass ich sie in ihrer Sprache grüße.

Sie lächeln. Doch ihr Lächeln geht gleich darauf in ängstlichem Blick unter. Diese Männer haben eins gemeinsam, ihr Schicksal ist besiegelt, sie warten auf den Todesstoß. Jahrhundertelang haben sie am Rande der Welt gelebt. Deshalb macht sie das plötzliche Interesse an ihrem Leid misstrauisch. Und dieses Misstrauen erklärt die Reaktion eines Bauern, als Gustavo sagt, er möchte ihn interviewen: »Sie wollen wissen, wie wir sterben? Aber wie wir leben, dafür hat sich noch nie jemand interessiert.«

Ausgemergelte Hunde kreuzen unseren Weg wie wandernde Schatten. Doch diese Hunde, zunächst so scheu, genießen selbst die kleinste Freundlichkeit und schmiegen sich an die Hand, als wünschten sie sich, auch Mensch zu sein. Der Schriftsteller ruft sie, er will sie streicheln. Die Leute sehen ihn verwundert an, sie haben nicht erwartet, dass die Hunde gestreichelt werden, und erst recht nicht, dass man mit ihnen spricht. Für diese zahmen Tiere gibt es keine Worte und keine Essensreste, sie fressen ausschließlich, was sie selbst erjagen, sie sollen sich nicht an ein Leben in trauter Nähe gewöhnen.

Unter dem Mangobaum haben sich im Nu Dutzende von Neugierigen versammelt. Unglaublich, wie schnell ein verlassener Ort so voller Menschen sein kann, als kröchen sie aus dem Sand hervor. Ich sehe mir diesen Markt der Interessen mit einem gewissen Zynismus an. Der Schriftsteller ist ein Raubvogel, er will Kriegsberichte hören. Die Dorfbewohner erwarten eine Vergütung. Eine Spende, wie man bei ihnen sagt. Wie kann mich jemand für meine Berufstätigkeit kritisieren? Bin ich ein Jäger? Ja! Der Schriftsteller jedenfalls ist ein Leichenfledderer. Er hat diese Reise angetreten, um bei Überlebenden, deren Trauer Schweigen ist, im Unglück zu stochern.

An Wunden aus der Vergangenheit kratzen, das tut Gustavo, wenn er Erinnerungen an den Bürgerkrieg ausgraben will.

»Was ist Ihnen vom Krieg am deutlichsten in Erinnerung?«

»Es gibt nichts, woran man sich erinnern kann, mein Herr«, sagt ein Bauer.

»Wie meinen Sie das?«

»Wir sind alle als Tote aus dem Krieg zurückgekommen.«

Ich wende mich ab. Ich möchte nicht, dass man in meinem Lächeln Genugtuung aufleuchten sieht. Von einem Krieg kann man nicht berichten. Wo Blut ist, gibt es keine Worte. Der Schriftsteller verlangt von den Toten, ihm ihre Wunden zu zeigen.

In diesem Augenblick schießt mir durch den Kopf, dass genau dies mir am Jagen gefällt: in den Zustand jenseits des Lebens zurückzufallen, nicht mehr Mensch sein zu müssen.

Der Blinde, der uns am Abend unserer Ankunft verfolgt hat, befindet sich auch im Kreis der Befragten. Irgendwann stützt er sich an den Schultern der Person vor ihm ab und schlägt zum Gruß demonstrativ die Hacken zusammen. Er ist noch immer barfuß und trägt denselben Tarnanzug.

»Auf welcher Seite haben Sie gedient?«, fragt der Schriftsteller.

»Auf allen«, antwortet er sofort. Dann zeigt er auf mich und fügt hinzu: »Und ich kann mich genau an die Stimme von dem Herrn hier erinnern.«

»An meine Stimme? Das kann nicht sein.«

»Entschuldigen Sie, ich will Sie nicht kränken, aber ich frage doch: Warum hat man einen Jäger geholt? Man hätte mich holen sollen, ich bin Soldat.«

»Das verstehe ich nicht«, sagt der Schriftsteller. »Was hat das Ganze mit Soldaten zu tun?«

»Sehen Sie das nicht? Hier geht es nicht um Jagen, mein Herr, hier geht es um Krieg.«

Der Krieg erkläre die Tragödie von Kulumani. Die Löwen kämen nicht aus dem Busch. Sie wären aus dem letzten bewaffneten Konflikt hervorgegangen. Nun geriete wie nach jedem Krieg alles in Unordnung: Die Menschen würden zu Tieren und die Tiere zu Menschen. Während der Kämpfe habe man Leichen im Gelände und auf den Landstraßen liegen lassen. Die Löwen hätten sie gefressen. Damit hätten die Tiere ein Tabu gebrochen: Sie begannen, Menschen als Beute zu betrachten. Schließlich beendete der Blinde seine lange Rede: »Wir, die Menschen, sind nicht mehr die Herren. Jetzt bestimmen sie über unsere Angst.«

Dann spricht er eloquent und ohne Pause weiter: »Das Gleiche ist in der Kolonialzeit geschehen. Die Löwen haben mich an die Soldaten der portugiesischen Armee erinnert. Wir haben uns die Portugiesen so lange in unserer Fantasie vorgestellt, bis sie mächtig geworden sind. Die Portugiesen waren nicht stark genug, uns zu besiegen. Deshalb haben sie dafür gesorgt, dass ihre Opfer sich gegenseitig umbringen. Und wir, die Schwarzen, haben gelernt, uns selbst zu hassen.«

Der Mann hat mit einer solchen Überzeugung gesprochen, als hielte er einen Vortrag. In diesem Augenblick war er Soldat. Seine Seele steckte in einer imaginären Uniform.

Der Schriftsteller weiß, das eigentliche Interview wird während des Begrüßungsempfangs stattfinden, der für das Mittagessen in der Shitala, der Versammlungshalle in der Dorfmitte, angesetzt ist. Dort, im

Schatten, kommen im Allgemeinen die Männer zusammen. Frauen sind nicht zugelassen. Sie wagen nicht einmal, in der Nähe vorbeizugehen. Florindo Makwala wäre es lieber, die Zusammenkunft fände woanders statt, an einem moderneren, weniger von der Tradition geprägten Ort. Aber der Schriftsteller hat darauf bestanden. So könne er in einer einzigen Sitzung die unterschiedlichen Erklärungen für die Löwenattacken einander gegenüberstellen.

Als wir schließlich die Shitala betreten, ist der Verwalter noch nicht da. Er hält sich an das Protokoll der Macht, man hat auf ihn zu warten. Die Ältesten erheben sich, um uns willkommen zu heißen. Als sie mich begrüßen, stützen sie den rechten Ellbogen mit der linken Hand ab. Das ist eine höfliche Geste, ein Zeichen des Respekts. Damit wollen sie mir bedeuten, dass mein Arm »schwergewichtig« ist.

Endlich erscheint Florindo Makwala, gefolgt von seinem Leibwächter und einem Sekretär, der eine Aktentasche trägt. Ein betagter Bauer erhebt sich mit verhaltenem Respekt und begrüßt den Verwalter mit den folgenden Worten: »Wir haben Sie noch nie hier, in dieser Shitala, gesehen. Willkommen im Herzen des Dorfs. Nehmen Sie Platz, aber denken Sie daran, dass hier wir als Erste sprechen.«

»Sehr wohl«, antwortet der Verwalter. »Und am Ende schließe dann ich die Sitzung.«

Der Alte wartet ab, bis Florindo sich gesetzt hat, dann stemmt er die Hände in die Hüften und richtet sich sofort an Gustavo und mich: »Warum sind Sie zu uns gekommen?«

»Hat man Sie nicht informiert?«, fragt der Schriftsteller erstaunt.

»Wir wollen wissen, warum man uns ausgesucht hat.«

»Wo liegt das Problem?«

»Die anderen, aus den anderen Dörfern, die keinen Besuch erhalten haben, werden sich beschweren. Wir werden Opfer ihres Neids werden, und dann werden wir, die wir schon jetzt sterben, noch mehr sterben, und das Ihretwegen.«

»Wir können nicht alle besuchen«, werfe ich ein, um Gustavo Regalo zu unterstützen. »Und außerdem, was soll das heißen? Hier sterben Menschen, jede Woche gibt es ein neues Opfer.«

»Gegen die Zeit kann man nicht anrennen. Ihre Beine stecken immer in uns drin. Abgesehen davon werden jetzt noch mehr Leute sterben. Mit Ihrem Besuch in Kulumani locken Sie die Mörderlöwen an.«

»Wenn Sie mich nicht haben wollen, gehe ich«, sage ich und erhebe mich von meinem Stuhl. »Ich fahre auf der Stelle in die Hauptstadt zurück.«

Der Verwalter wirft aufgeregt die Arme hoch und fordert alle auf, sich zu setzen. Dann spricht er auf Shimakonde zu der Versammlung. Offensichtlich will er eventuelle Missverständnisse ausräumen. Es wird still. Der gereizte alte Mann lächelt schließlich und spricht uns auf Portugiesisch an: »Also gut. Wir essen jetzt zuerst. Danach unterhalten wir uns, mit vollem Bauch redet es sich besser.«

Sie servieren uns einen Teller mit gekochtem Maismehl, das man hier Shima nennt. In der Mitte steht ein Riesentopf voll mit Zickleinfleisch. Da sind die einzelnen Teile des Tiers: der Kopf, die Hufe, das Fleisch, die Hörner. Ich bleibe bei dem Maismehl, mit einer Sauce, über deren Zusammensetzung ich lieber nichts wissen will.

»Greifen Sie ordentlich zu«, ermuntert mich Makwala, »dieses Zicklein haben doch Sie selbst dem Dorf spendiert.«

Man serviert uns Lipa und Ugwalwa, fermentierte Getränke, und ich begehe nicht die Unhöflichkeit, sie abzulehnen, auch wenn ich nur die Lippen benetze. Vor der Mahlzeit wird eine Schüssel mit warmem Wasser zum Händewaschen herumgereicht. In Ermangelung eines Handtuchs lasse ich die Arme hängen, damit das Wasser abtropft. Wir essen schweigend. Man hört das angestrengte Kauen von Fleisch. Erst als die völlig abgenagten Knochen in den Topf zurückwandern, richtet einer das Wort an uns. Der Alte hatte recht. Die Stimmung ist lockerer geworden, es wird gelacht, Witze werden erzählt. Sie fragen Gustavo und mich, ob wir Frauen haben. Auf unsere verneinende Antwort hin sehen sich alle an.

»Sie sind beide nicht verheiratet?«

Plötzlich ist das Misstrauen wieder da: solche Männer und nicht verheiratet? Dann müssen wir Zauberkundige sein, nur die bleiben ein Leben lang allein.

»Entschuldigen Sie unsere Frage, aber leben Sie nach der Lehre Gottes?«

Der Alte greift erneut an. Er spricht davon, dass wir abgelehnt haben, uns aus dem großen Topf zu bedienen. Wer in dieser Welt lehnt ein solches Angebot ab?

»Sie beschwindeln uns, Brüder. Diese Leute, die Weißen, die essen jeden Tag Fleisch. Und ihre Gier, die wird die Welt ins Verderben führen.«

»Das Problem ist nicht, was sie essen«, sagt ein anderer Bauer, »sondern wie sie essen.«

»Was meinen Sie damit?«, fragt Gustavo.

»Sie essen allein. Das tun nur Zauberkundige.«

Und der Mann knetet ein Stück Shima in der Hand, tunkt es ausgiebig in das Kohlmus und lässt es abtropfen, bevor er es in den Mund steckt.

»Wer allein isst, hat etwas zu verbergen. Sie können sicher sein, Herr Jäger, nicht wir haben Sie schlecht empfangen, sondern Sie sind nicht gut hier angekommen.«

»Lassen wir das alles«, schlägt der Schriftsteller versöhnlich vor. »Was ich wissen möchte, ist dies: Sind die Löwen, die hier aufgetaucht sind, echt?«

»Was meinen Sie mit echt?«, fragen die Anwesenden im Chor.

Sie erklären, warum sie so erstaunt sind. Es gibt den Buschlöwen, den sie hier Ntumi va kuvapila nennen; dann gibt es den fabrizierten Löwen, den Ntumi ku lambidyanga; und es gibt die Menschen-Löwen, Ntumi va vanu genannt.

»Und alle sind echt«, sagen sie abschließend einstimmig.

Unverhofft erklingt eine ketzerische Frauenstimme: »Es müssen ganz andere gejagt werden. Die Feinde von Kulumani befinden sich hier, die sitzen in dieser Versammlung!«

Die Anwesenden schrecken auf. Verblüfft starren

sie den Störenfried an. Es ist Naftalinda, die Frau des Verwalters. Und sie setzt sich über das älteste aller Verbote hinweg: Frauen dürfen die Shitala nicht betreten. Und erst recht nicht ihre Meinung zu so ernsten Themen äußern. Der Verwalter beeilt sich, den Zwischenfall auszubügeln: »Genossin First Lady, bitte, dies hier ist eine private Sitzung …«

»Privat? Ich sehe hier nichts Privates. Und starrt mich nicht so an, ich habe keine Angst. Ich bin wie die Löwen, die uns überfallen, ich habe vor Männern keine Angst mehr.«

»Naftalinda, bitte, wir sind hier nach alter Tradition versammelt«, fleht Makwala sie an.

»In diesem Dorf ist eine Frau vergewaltigt worden und fast gestorben. Und es war kein Löwe, der das getan hat. Für mich gibt es keinen verbotenen Ort mehr.«

Sie bewegt sich hochmütig zwischen den alten Männern, lächelt verächtlich dem Verwalter zu und bleibt schließlich vor mir stehen: »Sie sind nach Kulumani zurückgekommen, Arcanjo Baleiro? Dann machen Sie jetzt Jagd auf die, die Frauen vergewaltigen.«

»Mama, du musst um das Wort bitten«, weist Florindo Makwala sie zurecht.

»Ich habe das Wort, ich muss niemanden darum bitten. Ich spreche mit Ihnen, Arcanjo Baleiro. Richten Sie Ihre Waffe auf andere Ziele.«

»Was redest du da, Frau?«

»Sie tun alle so, als wären Sie wegen der Löwen beunruhigt, die uns umbringen. Aber als Frau frage ich: Welches Leben kann man uns denn noch nehmen?«

»Mama Naftalinda, um Gottes willen. Wir haben für diese Sitzung eine Tagesordnung.«

»Weißt du, warum sie keine Frauen sprechen lassen? Weil die Frauen schon tot sind. Diese Leute, die in der Regierung Macht haben, diese Neureichen, die benutzen die Frauen für die Arbeit auf ihren Feldern.«

»Maliqueto, bitte führen Sie die First Lady hinaus. Sie stört unseren Workshop.«

»Einige wenige werden reich. Es gibt Tote, die nachts dafür arbeiten, dass ein paar Leute reich werden.«

Die Versammlung gerät in Aufruhr. Plötzlich spricht niemand mehr Portugiesisch. Der Streit findet in einer anderen Welt statt. Einer Welt, in der die Toten und die Lebenden keine Übersetzung brauchen, um einander zu verstehen.

Die blinde Straße

*Ein Wort, das einem nicht über die Lippen kommt,
wird irgendwann zu giftigem Speichel.*

Afrikanisches Sprichwort

Heute hat meine Mutter mir mitgeteilt, dass sie als Hilfe im Haus des Verwalters arbeitet, wo Arcanjo Baleiro untergebracht ist. Jeden Tag begegnet sie meinem Jäger. Vielleicht macht sie es absichtlich, um mich zu demütigen. Ohne dass ich sie gefragt habe, erzählt sie weiter: »Dieser Arcanjo ist krank, das Jagdfieber hat schon seinen Körper erfasst.«

Falls sie mich damit verletzen will, antworte ich so, als interessierte es mich nicht. Ich will es nicht wissen. Meine Heimat ist nicht mehr nur das Dorf, auch nicht unser Haus, sondern dieses einsame Fleckchen. Das Grundstück, auf das ich verbannt bin.

Ich betrachte meine Beine und denke, wie überflüssig sie jetzt sind. Fast habe ich Sehnsucht nach damals vor langer Zeit, als ich gelähmt war, so als sprächen meine unteren Gliedmaßen nicht dieselbe Sprache wie der übrige Körper. Das wünsche ich mir heute sehnlichst: eine Sprache, die mein Körper nicht versteht und die ich nur im Traum sprechen kann.

Die Beine wachsen aus dem Kopf, der ganze Körper hat seinen Anfang im Kopf, so wie die Flüsse vom Himmel herabkommen. Das sagte mein geliebter

Großvater Adjiru Kaitamoro, und noch heute denke ich, dass er recht hatte. Meine Beine sind eingeschlafen, als mein Kopf aufwachte. Eines Tages, ich war zwölf Jahre alt, fiel ich wie ein leerer Sack neben dem Bett auf den Boden. Die Familie lief zusammen, Adjiru griff meinem Vater ans Jackett: »Warst du das, Genito?«

Ich beeilte mich zu antworten und meinen Vater zu schützen. Niemand war schuld, es gab sogar eine Erklärung. Ich hatte bloß in der Nacht Albträume gehabt, mit Bildern, an die ich mich nicht zu erinnern wagte. Sie stellten mich auf die Beine, aber ich sackte wieder zusammen, hatte innerlich keinen Halt.

»Ausgerechnet jetzt, mitten in diesem Krieg«, jammerte mein Vater. »Das wird noch eine zusätzliche Belastung.«

»Seit wann ist eine Tochter eine Belastung?«, fragte Adjiru.

In der Kindheit hat der Körper nur eine Aufgabe: spielen. Aber nicht in Kulumani. Die Kinder in unserem Dorf forderten ihre Beine auf, vor den Schüssen davonzulaufen, schneller als die Kugeln zu sein. Es war die Zeit, als unsere Siedlungen beschossen wurden. Am späten Nachmittag immer dasselbe Ritual: Wir packten unsere Sachen zusammen und versteckten uns im Busch. Für mich war das ein Spiel, ein Spaß, den ich mit den anderen Kindern teilte. In der Welt aus Schießpulver und Blut dachten wir uns lautlose Spiele aus. In unserem nächtlichen Versteck habe ich gelernt, nach innen zu lachen, lautlos zu schreien, ohne Traum zu träumen. Bis zu dem Tag, als meine untere Hälfte nicht mehr zu mir gehörte. Und ich neben dem Bett umkippte.

Seit ich gelähmt war, kam mich Großvater Adjiru immer am späten Nachmittag holen und trug mich auf den Armen zu unserem Versteck im Busch. Alle anderen waren schon gegangen, nur ich war noch im Haus, und ein paar wertlose Sachen lagen auf dem Fußboden. Während ich auf die rettenden Arme des Großvaters wartete, wurde mir immer mehr zur Gewissheit, dass ich ein Gegenstand war und wie ein Gegenstand im Staub von Kulumani begraben werden würde.

Ich, Mariamar Mpepe, war doppelt verurteilt: dazu, nur einen einzigen Ort zu haben und nur ein einziges Leben zu sein. Eine unfruchtbare Frau ist in Kulumani weniger wert als eine Sache. Sie existiert einfach nicht. Die Leute sagen, es sei die Schuld meiner Mutter, dass ich so bin. Hanifa Assulua war verflucht worden. Auf Druck der katholischen Priester hatte ihre Familie sich geweigert, sie den Initiationsritualen zu unterziehen. Meine Mutter war eine Namaku, ein Mädchen, das nicht zur Frau geworden war. Sie war in der Kirche getauft worden, hatte aber nicht die Zeremonie der Ingoma mitgemacht, das Ritual, durch das wir erwachsen werden. Hanifa war zu ewigem Kindsein verurteilt.

Mein Vater hatte recht. Durch die Lähmung meiner Beine war ich zur Belastung geworden. Aber er wusste nicht, dass mit mir etwas viel Schlimmeres als die Lähmung geschah. Zwar hatten die Hungerattacken etwas nachgelassen, dafür hatte ich nun ganz ungewöhnliche Anfälle. Sie traten am späten Nachmittag auf, bevor man uns zu dem Versteck im Busch brachte. Silência, und nur sie, wusste, was in unserem Zimmer geschah. Nach Aussage meiner Schwester verhielt ich mich bei diesen Anfällen vollkommen anders als jeder andere Mensch. Ich krabbelte auf allen vieren, bewegte mich gewandt wie ein Vierbeiner, kratzte mit den Fingernägeln an den Wänden und verdrehte unablässig die Augen. Hatte ich Hunger oder Durst, trat mir Schaum vor den Mund, und ich jaulte. Um meine Tobsucht zu besänftigen, verteilte Silência Teller mit Speisen und Schalen mit Wasser auf dem Fußboden. Meine Schwester drückte sich in eine Zimmerecke und betete, in Panik und weinend, ich möge aufhören, Wasser zu schlecken und in die Teller zu beißen.

»Sie ist verhext, sie kann nur verhext sein«, seufzte sie.

Weil sie keinen anderen Ausweg mehr wusste, bildete Silência vor unserer Tür den Mythos von der Entstehung unseres Stamms nach, indem sie in unserem Garten eine heimlich vom Großvater geschnitzte Statuette begrub. Der Sage nach hat sich eine von dem ersten Mann im Sand der Savanne vergrabene Holzskulptur in die erste Frau verwandelt. Dieses Wunder hatte sich schon zu Anbeginn der Welt ereignet, und Silência betete mehrere Abende nacheinander, dass auch dem Stück Holz in unserem Garten Leben eingehaucht werde.

Die Figur wurde nie beseelt, doch immer, wenn Silência spürte, dass ein Anfall nahte, brachte sie mir schnell die kleine Holzfigur. Dann wiegte ich die Skulptur in den Armen, als wäre sie mein Kind, und während des Wiegens stieg in mir mütterliche Ruhe auf. Wie eine Katze ihr Junges nahm ich die Figur, die in meiner Fantasie mein Kind war, zwischen die Zähne und krabbelte mit ihr durch den Raum.

Meine Beine mochten leblos sein, aber ich wurde nie zu meiner eigenen Gefangenen. Jeden Morgen hallten die Stimmen der Kinder durch unseren Garten.

»Komm, Mariamar, komm aufsteigen!«

Die Jungen nahmen mich abwechselnd auf den Rücken und trugen mich, fröhlich laufend, weit weg vom Haus. Im Huckepack, wie ein Kleinkind, machte ich jeden Spaß mit. Heute kann ich sagen: Ich habe eine Kindheit gehabt, weil andere Kinder sie mir ermöglicht haben. Wenn ich an einem Hals hing, auf einem Rücken ritt, merkte ich gar nicht, dass meine Brust sich an einem schwitzenden Jungen platt drückte.

»Auf diese Weise werden deine Brüste nie wachsen«, warnte mich meine Schwester Silência.

Die Brüste sind in Kulumani ein Hinweis. An ihrer Größe erkennen die Mütter, wann ihre Töchter reif sind für die Initiationsrituale. Was für mich ein harmloses Spiel darstellte, war für das Dorf ein Affront. Die Frauen sahen mich auf dem Rücken der Jungen und blickten verärgert weg. Denn so, huckepack auf ihrem Rücken, tragen die Patinnen, die sogenannten Mbwanas, die Mädchen zu der Zeremonie, durch die sie zur Frau werden sollen. Und das verziehen die Frauen mir nicht – ich nahm ein Ereignis vorweg, das respektiert und heilig sein sollte, und entweihte es. Als Tochter und Enkelin von Assimilierten war für mich kein Platz in einer nach archaischen Geboten ausgerichteten Welt. Meine Sünde wurde wegen der Krisenzeit, in der wir lebten, noch größer. Je mehr Gewissheiten der Krieg uns raubte, umso mehr fehlte uns die Sicherheit einer von Ordnung und Gehorsam geprägten Vergangenheit.

Eines Tages fuhr eine Gruppe Jungen nach Palma und stahl einen unbenutzten Sarg. Am Abend brachten sie ihn zu mir und sagten: »Das ist deine Sänfte.«

Seitdem trugen sie mich in diesem Sarg überallhin. Ich saß in meiner Trage und erlebte, dass Leute stehen blieben und mir Respekt zollten, die mich nie zuvor gegrüßt hatten. Von dieser allgemeinen Verehrung geschmeichelt, erklärte ich: »Mutter, ich will für immer in einem Sarg wohnen.«

All diese Ehrerbietung verwehrte mir jedoch zu erkennen, dass der Grund für meinen Stolz letztlich traurig war. Ich hatte zu existieren aufhören müssen, damit die Leute meine Existenz wahrnahmen. Ich hätte mich nach dem anderen Vehikel aus Fleisch und Blut sehnen müssen, mit dem ich gespielt hatte, dem Rücken der anderen Jungen. Aber nein. Wenn ich so auf meinem improvisierten Thron hin und her schaukelte, fühlte ich mich stolz wie eine Königin: »Jetzt werden meine Brüste wachsen!«

»Wünsch dir das nicht, liebe Schwester, wünsch dir nicht, eine Frau zu werden«, warnte mich Silência.

Eines Morgens lag der Sarg in tausend Stücken da. Großvater Adjiru Kapitamoro hatte ihn zerschlagen. Ganz überraschend war der alte Mann über den Hof gegangen und hatte den Holzkasten kurz und klein gehackt. Ich hörte ihn noch meine Eltern anschreien: »Wie könnt ihr so einen Unsinn erlauben? Sie ist doch ein Kind, um Gottes willen.«
Ich weiß noch, dass ich beim Anblick der zerhackten Bretter weinte. Als Silência sah, dass ich wie wild im Sand scharrte, glaubte sie, ich suchte nach der Statuette, die sie im Garten eingegraben hatte. Aber die Grube sollte einen anderen Zweck erfüllen: »Ich begrabe meinen Sarg.«

Das alles geschah vor diesem unvergesslichen Morgen, als Großvater mich mit Schuhen an den Füßen und gekämmtem Haar mitnahm und das Haus verließ. Viel erklärte er mir nicht. Sagte nur diese rätselhaften Worte: »Du wirst das Wasser Gottes erhalten.«
Ich war an seine ausgefallenen Ideen gewöhnt. Er war es auch, der mir damals, als ich noch im Entstehen war, diesen Namen gegeben hatte, der mir für immer bleiben sollte: Mariamar.
»Ich gebe dir nicht nur einen Namen«, sagte er. »Ich gebe dir ein Boot, das dich zwischen dem Meer und der Liebe trägt.«
So lauteten seine Worte bei meiner zweiten Taufe. Und er sagte auch noch, ich brauchte keine Rituale,

um zur Frau zu werden. Die Frau, die ich einmal sein würde, stecke schon in mir.

Mit diesem Morgen, als Adjiru mich abholen kam, mit diesem Morgen begann ein Tag, an dem Großes geschehen sollte. Im Handumdrehen waren die Vorbereitungen fürs Ausgehen erledigt, ein Holzkamm pflügte durch mein widerspenstiges Haar, und meine Füße pressten sich in improvisiertes Schuhwerk.

»Hast du die Schuhe angezogen?«, überprüfte mein Großvater.

Schuhe anziehen, wozu? Seit Langem schon waren Schuhe für mich reiner Schmuck.

»Wissen meine Eltern, wohin wir gehen?«

»Hab keine Angst, ich bin dein erster Großvater.«

Und er schwatzte weiter, während er mein Haar ordnete.

»Bekreuzige dich, mein Kind. Dir wird das Wunder zuteil.«

»Welches Wunder, Großvater?«

»Du wirst wieder gehen können.«

Ganz gleich, ob es eine Krankheit war oder ein Fluch, er konnte sich nicht damit abfinden, dass ich auf das Dasein eines Tieres hinabsank. Er holte tief Luft, dann verkündete er: »Wir haben ein Sprichwort, das geht so: ›Wenn du sprechen kannst, dann kannst du auch singen; wenn du gehen kannst, dann kannst du auch tanzen.‹ Und du wirst singen und tanzen, mein Kind.«

Ich blickte auf seinen Arm, als wäre er eine Verlängerung meines Körpers. Und das war er auch. Wie sollte ich jemals meine zweite Nabelschnur durchtrennen können? Ohne von meinen Gedanken zu wissen, zog Adjiru Kapitamoro mich in einem Handwagen durch das Dorf, so stolz, als feierte er die Einweihung des Dorfplatzes.

In der Kirchentür stand Pater Manuel Amoroso und erwartete uns. Der portugiesische Missionar war der einzige Weiße, den wir kannten. Das Besondere an ihm war für uns weder seine Hautfarbe noch die Sprache, die er sprach, auch nicht seine Kleidung. Was ihn von anderen unterschied, war, dass er, soweit wir sehen konnten, keine Frau hatte. Und keine Kinder, die hinter ihm herliefen.

»Adjiru Kapitamoro!«, verkündete der Pater und betonte jede einzelne Silbe so, als trällerte er ein fröhliches Lied.

»Das bin ich, Pater.«

Die Stimme meines Großvaters klang für mich zum ersten Mal schwach, als suchte er nach Halt. Ich sah ihn im Gegenlicht an, wie um mich seiner Größe zu vergewissern. Und erneut atmete ich auf: Hinter seiner Gestalt reckte sich majestätisch der Kirchturm. Von dort führten die Wege hinauf zum Firmament. Zu Gott zu gelangen mutete mich damals wie mühsames Bergsteigen an. Die Kirche lud nicht zum Eintreten ein, sondern zum Hinaufsteigen.

Es dauerte, bis ich mich an das Licht im Kircheninnern gewöhnt hatte. Dann wurde mir klar, noch nie hatte ich ein Haus mit solchen Wänden gesehen. Das Kreuz, das auf Pater Amorosos Brust baumelte, hing vergrößert in der Mitte der Kirche. Auf dem Holz des

Kreuzes ruhte der zweite Weiße dieser Welt: bärtig, halb nackt und voller Wunden.

»Knie nieder vor Christus«, befahl Pater Amoroso.

»Das kann sie nicht, Pater. Haben Sie vergessen, warum sie hergekommen ist, hierher, zur Mission?«

»Dann helfen wir ihr. Sie muss knien.«

Die beiden Männer hoben mich an den Armen an und setzten mich dann ab. Ich sackte zusammen wie ein nasser Lappen. Da lag ich auf dem Steinfußboden und blickte aus diesem Winkel auf Pater Amoroso und Christus. Die beiden Weißen ähnelten einander – beide trübsinnig und runzlig, als fände das Leben immer an einem anderen, unerreichbaren Ort statt. Christus zeigte seine Wundmale, Amoroso seinen vereinsamten Blick. Beide forderten uns auf, uns der großen Familie der Leidenden anzuschließen. Der Familie derer, die sich nur im Leid Gott nahe fühlen.

»Also, haben Sie sich schon wegen meiner Kleinen entschieden?«, fragte der Pater.

Das Possessivpronomen irritierte meinen Großvater. Meine Kleine?

»Meine Enkelin wird immer meine Kleine sein, ich lasse sie eine Weile hier, nur so lange, bis sie wieder gehen kann«, so lauteten die verärgerten Worte meines Großvaters, als er die Kirche verließ. »Ich komme sie persönlich abholen, wenn sie auf eigenen Füßen nach Hause gehen kann«, versprach er energisch.

Der portugiesische Pater schien ihn nicht zu hören. Mit seligem Ausdruck blickte er zum Kirchendach, als könnte er noch weiter darüber hinaussehen. So verharrte er eine Weile, ohne zu merken, dass Adjiru gegangen war. Er war zufrieden. In einer vorwiegend muslimischen Gegend würde ein Wunder der Kirche Anhänger und Ansehen einbringen. Lächelnd sagte er zu mir: »Wenn dein lieber Großvater stirbt, kommt er direkt in den Himmel.«

»Mein Großvater wird nie sterben!«

Für mich hatte Adjiru Kapitamoro das Leben eines Baumes, fest im Boden verwurzelt, war er schon Teil des Himmels.

Während der zwei Jahre, die ich in der Mission verbrachte, waren die Besuche meines Großvaters die Glanzlichter. Bei manchen Besuchen blickte er stumm zum Horizont. Bei anderen Gelegenheiten erkundigte er sich, ob Gott sich um mich kümmerte.

»Und wie steht es mit dem Schreiben?«, fragte er.

»Ich schreibe ständig, Großvater. Willst du es lesen?«

»Nein, mein Kind. Wenn ich lese, weißt du, was dann passiert? Dann sehe ich die Welt nicht mehr. Lies mir die Geschichte der Königin von Ägypten vor.«

Das war sein Lieblingstext. Ich kannte ihn schon auswendig. Großvater schloss die Augen, und ich trug ihm vor, immer im selben Ton: »Man erzählt sich, dass Ra, der Sonnengott des alten Ägyptens, der Menschen Sünden überdrüssig, die Göttin Sekhmet schuf, damit sie jene strafte, die gestraft werden sollten. Und das tat die Göttin, sogar übereifrig, wie manche sagen. Sekhmets Rache traf mitunter auch

Unschuldige. In ihrer Verzweiflung baten Ras Anhänger ihren Gott um Hilfe, doch konnte er ihnen nicht helfen. Da kamen die Ägypter auf die Idee, ein Getränk in der Farbe von Blut herzustellen, und machten die Göttin betrunken. Der Erfolg war, dass sie einschlief und von Ra wieder zurückbeordert wurde.«

Wenn die Geschichte zu Ende war, blieb Großvater immer mit geschlossenen Augen sitzen. Dann küsste er mir die Hände und sagte: »Du bist meine Göttin, meine Kleine.«

Adjirus häufige Anwesenheit in der Mission beruhigte mich, machte aber andere Abwesenheiten deutlicher. Einmal bezwang ich meine Angst und fragte: »Großvater, sag mir, sind meine Eltern traurig über mich?«

»Der Krieg herrscht jetzt rund um die Uhr. Deshalb kommen sie dich nicht besuchen. Alle sind weg, nur ich bin noch da und ein paar andere, solche, die nicht zählen.«

»Hat du keine Angst, getötet zu werden?«

»Ich bin so dünn, mich trifft keine Kugel.«

Tatsächlich nahmen Schüsse und Detonationen immer mehr zu. Pater Amoroso wurde immer häufiger zu Beerdigungen immer weiter weg geholt. Die Einwohner von Kulumani, auch meine Eltern, waren vor Monaten nach Palma gezogen. Zurück geblieben waren nur Adjiru und seine fünf Brüder. Sie glaubten fest, weil sie alt waren, würden sie verschont bleiben. Doch es war nicht ihr Alter, das sie rettete. Sie zahlten für ihre Sicherheit. Was sie auf der Jagd erlegten, mussten sie den Soldaten mal der einen, mal der anderen Armee geben.

»So ist es, Mariamar«, sagte Adjiru. »In Kriegszeiten werden die Armen getötet. In Friedenszeiten sterben die Armen von allein.«

Einmal brachte der Kapitamoro-Clan den ältesten Bruder in die Kirche. Er hieß Vicente und war verwundet, schon halb verblutet, seine kraftlosen Füße schleiften über den Boden. Von den Brüdern gestützt, gelangte Vicente in das heilige Haus, wo er im Halbdunkel nicht die Hand vor Augen sehen konnte. Denn er war blind. Doch war er es, der die Brüder führte. Er kannte die Kirche wie seine eigenen Hände. Er hatte die Mauern gebaut, die ihm jetzt Zuflucht boten.

Sie setzten ihn auf die lange Holzbank, stützten ihn Schulter an Schulter. Adjiru ging zum Priester und sprach halb flehend, halb drohend zu ihm: »Dies ist Gottes Haus, hier darf niemand sterben. Haben Sie mich verstanden, Pater Amoroso?«

»Lass uns beten, mein Sohn.«

Die Kapitamoros beteten brüllend laut, ganz gewiss hat nie jemand in so unangemessenem Ton vor einem Altar gebetet. Das Gebrüll der wie von Sinnen schreienden Brüder war bedrohlich. Die Götter sollten sich in Acht nehmen, falls kein Wunder geschehen würde.

Anfangs konnten sie noch das Stammeln ihres verwundeten Bruders hören. Doch worum er bat, war das genaue Gegenteil dessen, was seine Geschwister verlangten: Der Schöpfer möge ihn gehen lassen, er wollte nicht länger leiden. Was dann geschah, war der Beweis dafür, dass Gott nicht auf jene hört, die am lautesten schreien. Unbemerkt von den anderen, die Hände fromm gefaltet, hauchte Vicente Kapitamoro sein Leben aus, der Kopf sank ihm auf die Knie.

Dieses Ereignis versetze Adjirus Glauben einen Schlag. Fortan blieb er der Messe fern. Er stand draußen vor der Kirchentür und forderte seine Brüder auf, hineinzugehen und in seinem Namen zu beten. Sie sollten sich für ihn ausgeben, in seinem Namen und mit seiner Seele hineingehen, darum bat er sie.

»Wir sind uns ähnlich, Gott wird es nicht merken.«

In seiner Unzufriedenheit stellte Pater Amoroso Überlegungen an. Er war von Kapitamoros Verhalten enttäuscht. Doch durfte er sich nicht mit einer im Dorf so einflussreichen Persönlichkeit anlegen. Er wartete ab, in der Hoffnung, die Zeit weise ihm einen Weg. Und die Zeit brachte den Frieden im Land. Nach und nach erwachte Kulumani wieder zu dem Leben, das es für immer verloren zu haben schien. Die von der Geschichte geschlagenen Wunden verheilten, verwirkte Eintracht stellte sich wieder ein. Der Missionar nutzte die Welle der Versöhnung und bat Adjiru zu einem Treffen auf dem Kirchhof, um ihn an seine heiligen Pflichten zu erinnern.

»Morgen werde ich das Seelenamt für deinen Bruder Vicente feiern.«

»Mein werter Herr, bei allem Respekt, ich werde nicht teilnehmen.«

»Und warum nicht?«

»Ich werde zur Matanga gehen, unserer Zeremonie für die Toten.«

»Und wie wollen Sie das vor Gott erklären?«

»Ich erkläre mich vor Nungu, unserem Gott. Bei allem Respekt.«

Jahrelang hatte man ihn kritisiert, weil er Kontakt zur Mission hatte, zum Katholizismus übergetreten und, wie man in Kulumani sagte, ein Vamissau geworden war. Zu seiner Verteidigung hatte er vorgebracht: »Die anderen haben die Trommeln, ich habe die Bibel.« Anfangs hatte er mit seinem scheinbaren Konvertieren noch einen Zweck verfolgt – er wollte die Trommeln Gottes Hand anvertrauen und die Heilige Schrift zum Tanzen bringen. Deshalb hatte er Mariamar in der Tanzkunst unterrichtet. Jetzt aber hegte er keinerlei Absichten mehr.

Mithilfe der göttlichen Eingebung brachte Pater Amoroso einen ganzen Rosenkranz an Argumenten vor. Gottes Hand, sagte er, ist die Hand eines blinden Führers. Diese Hand will uns zu den Herren unseres Weges machen. Doch der Weg währt nur so lange wie ein Stern: Wenn wir ihn erkennen, gibt es ihn längst nicht mehr.

»Das alles sind bloß Worte. Welche Hand Gottes weist den Weg zum Krieg, Herr Amoroso?«

»Warum nennen Sie mich Herr? Warum sprechen Sie mich nicht mehr mit Pater an?«

»Sie leben in einer Kapsel. Sehen Sie sich doch an, was da draußen geschieht. Dann werden Sie feststellen, dass die Götter manchmal im Krieg sterben.«

»Wie wagen Sie es, so im Haus Gottes zu sprechen?«

»Diese Kirche habe ich selbst gebaut. Ich und meine Brüder. Angefangen mit dem Bau haben wir, als wir noch Sklaven waren.«

Er machte eine Pause, wog seine Worte ab, und ohne jeden Groll, als befände er sich unter Freunden, stieß er schließlich hervor: »Damals hätten wir die Kirche in den Fluss werfen sollen.«

»Heilige Mutter Gottes!«

Der Pater reckte sich hoch, die Stimme vor Erregung zitternd, alles am Pater stand im Gegensatz zu der Ruhe meines Großvaters: »Wollen Sie ein Wunder sehen, Adjiru? Dann sehen Sie sich Ihre Enkelin an«, und zu mir gewandt, sagte er: »Zeig es ihm, Mariamar, zeig es ...«

Ich erhob mich und ging auf Adjiru zu. Mit wackeligen Beinen, aber festem Schritt. Der Großvater schien nicht überrascht zu sein.

»Mariamar kann wieder gehen, das freut mich sehr. Aber ich frage Sie: Haben Sie ihr auch beigebracht, Fußtritte auszuteilen?«

»Fußtritte? Bringt man so etwas einem Mädchen bei?«

»Ganz richtig, Pater. Gerade weil sie ein Mädchen ist, muss sie schubsen, beißen, treten lernen.«

»So spricht kein gläubiger Mensch. Wir lehren hier, unseren Nächsten zu lieben.«

»Gerade gegen diejenigen, die uns am nächsten stehen, müssen wir uns am meisten wehren.«

Großvater erhob sich und ging um mich herum, klopfte sich mit den Fingern auf die Brust wie auf eine Trommel und begann die Arme zu schwingen. Er wusste, dass der Pater uns nicht zu tanzen erlaubte.

»Kannst du noch tanzen, Mariamar? Dann zeig mir, dass du noch Staub aufwirbeln kannst.«

Pater Amorosos Aufpasserblick gestattete mir nicht, die Hüften zu schwingen. Ich tat ein paar unbeholfene Schritte durch den Raum, doch Großvater wartete nicht weiter ab, er hob den Arm und unterbrach meine peinliche Vorführung. Kurz und knapp sagte er: »Geh deine Sachen packen, morgen komme ich dich holen.«

Am nächsten Tag erschien er mit einem Handwagen. Ich erinnerte ihn noch daran, dass ich nun auf eigenen Beinen gehen konnte. Energisch wies er auf das primitive Gefährt und fragte: »Weißt du, welcher Tag heute ist, Mädchen?«

»Heute?«

»Du bist heute sechzehn Jahre alt geworden. Du hast das Recht, gefahren zu werden.«

Im Handwagen sitzend, fuhr ich durch das Dorf und hörte hinter mir die verzweifelten Rufe des Missionars: »Mariamar kann wieder gehen, es ist ein Wunder Gottes, es ist ein Wunder! Sitzt im Handwagen, dabei kann sie sehr gut gehen. Kommt her und seht es euch an, es ist ein Wunder!«

Erstaunt sah ich mich um. Seit Monaten hatte ich die Mission nicht verlassen. Kulumani war nicht wiederzuerkennen. Nach dem Ende des Krieges waren die Menschen ins Dorf zurückgekehrt. Meine Familie war auch wieder in unser altes Haus eingezogen.

Und anscheinend waren es viel mehr Dorfbewohner geworden. Eine Unzahl von fliegenden Händlern säumte die Straße nach Palma.

Zu Hause freute sich nur Silência über meine Rückkehr. Meine Mutter verlas gerade Reis und blickte wenig begeistert auf. Nach langem Schweigen sprach schließlich ich: »Großvater sagt, dass ich heute Geburtstag habe.«

»Großvater erfindet Kalender. Deshalb ist er noch nicht gestorben.«

»Ganz gleich, welcher Tag heute ist, es ist schön, wieder hier zu sein. Nach Hause zu kommen, nachdem jetzt Frieden eingekehrt ist …«

Ohne vom Sieb aufzublicken, antwortete Hanifa Assulua halblaut. Ich hatte von Frieden gesprochen? Von welchem Frieden?

»Vielleicht für sie, die Männer«, sagte sie. »Denn wir Frauen ziehen noch immer jeden Morgen in einen uralten, nie endenden Krieg.«

Hanifa Assulua machte sich keine Illusionen über das Leben der Frauen in Kulumani. Wir standen frühmorgens auf wie schlaftrunkene Soldaten und überstanden den Tag, als wäre das Leben unser Feind. Abends kamen wir nach Hause, ohne dass uns etwas oder jemand über die Schlachten hinwegtröstete, die wir schlagen mussten. Das alles zählte Mutter in einem Atemzug auf, als hätte sie dies schon seit Langem aussprechen wollen.

»Deshalb, mein Kind, solltest du das Gerede von Frieden für die Mission aufbewahren. Du hast diese Zeit über dort gelebt, wir mussten hier überleben.«

Sie machte mir Vorwürfe. Als wäre ich schuld nicht nur an ihrer Einsamkeit, sondern auch am Unglück aller Frauen. Mit Trippelschritten wie eine Gefangene, die in ihre Zelle zurückkehrt, ging ich durch den Flur.

Rituale und Fallen

*Wo Menschen Götter sein können,
können Tiere Menschen sein.*

Aufzeichnungen des Schriftstellers

Hanifa kommt mich mitten in der Nacht rufen. Sie ist so aufgeregt, dass ich hinter ihr herlaufe, ohne mich anzuziehen. In meinem weiten Nachthemd bis über die Knie sehe ich wie ein tölpisches Gespenst aus.

»Die Löwen sind zu uns gekommen.«

Seit es dunkel ist, schleichen sie um das Dorf. Hanifa hat sie von Weitem brüllen hören.

»Ich habe nichts gehört«, gestehe ich.

Die Frau ist sich sicher. Es sind drei, und sie bewegen sich auf das Dorf zu. Wir würden sie nicht wieder zu hören bekommen. Je näher sie kommen, umso vorsichtiger werden sie. Ich nehme die Waffe, gehe hinaus und taxiere die Dunkelheit und die Stille. Hanifa folgt mir. Der Schriftsteller, von Angst gebeutelt, bildet den Abschluss. Im Nu befinden wir uns im Hof der Familie Mpepe.

»Schalten Sie nicht Ihre Taschenlampe ein, Herr Schriftsteller«, bittet die Frau halblaut.

»Wie kann ich dann sehen, wo ich hintrete?«, fragt Gustavo.

»Still sein, alle beide! Und Sie, Hanifa, holen sofort Genito!«, befehle ich.

»Er schläft.«

Plötzlich weist Hanifa auf Büsche, in denen es raschelt, und fordert mich auf: »Schießen Sie, das sind die Löwen! Schießen Sie!«

Der Zeigefinger am Abzug spannt sich. In dem Bogen aus Knochen und Nerven liegt die Entscheidung der Götter: blitzschnell ein Leben auslöschen. Doch in diesem Fall zittert der Finger und zögert. Eine glückliche Verzögerung. Aus dem Dunkel taucht eine Gestalt auf, die Hände wie eine betrunkene Vogelscheuche erhoben.

»Nicht schießen, ich bin es, Genito!«

Der Fährtenleser war im Nachbardorf Schnaps kaufen. Zum Beweis hält er eine Flasche hoch.

»Jetzt geh hinein, Hanifa. Du weißt, ich will nicht, dass du nachts hier draußen bist.«

»Ihre Frau hat uns alarmiert«, erklärt der Schriftsteller, »weil sie glaubte, die Löwen wären in der Nähe.«

Der Fährtenleser blickt Richtung Busch, von wo er gerade gekommen ist. Er schüttelt den Kopf, setzt die Flasche an den Mund und nimmt einen ordentlichen Schluck. Er vergewissert sich, dass seine Frau ins Haus gegangen ist. Dann setzt er sich auf die Erde und lädt uns ein, mit ihm zu trinken. Wir lehnen ab. Wir stehen da und blicken zu den Sternen, bis Genito das Schweigen bricht.

»Hanifa wusste, dass ich es war. Sie wusste, dass ich bald kommen würde.«

»Ich verstehe nicht«, sagt Gustavo.

»Wissen Sie, was das hier war? Ein Hinterhalt. Hanifa will mich umbringen.«

»Das ist doch absurd.«

»Sie glaubt, ich sei an schrecklichen Sachen schuld.«

»An was für Sachen?«

»Das ist unsere Angelegenheit. Sie wissen ja, hier gibt es keine Polizei, keine Regierung, und selbst Gott gibt es nur manchmal.«

Zu Hause nehme ich die Patronen aus dem Magazin und drücke mehrmals mit dem Finger ab. Noch ist ein leichtes Zittern zurückgeblieben, aber im Übrigen gehorcht mein Körper sofort. Wie immer dauert es, bis ich einschlafen kann. Den Blick starr an die Decke gerichtet, sehe ich meinen letzten Besuch in der Psychiatrie vor mir. Die Erinnerung an den Abschied von Rolando geht mir nicht aus dem Kopf, seinen langen Händen wachsen Flügel, sie schwirren blind durch den Raum. So liege ich eine ganze Weile. Wie die Leute in Kulumani sagen, endet die Nacht erst, wenn die Eulen verstummen. Ohne Eulen ist die Nacht grenzenlos. Und dann gibt es noch diejenigen, die, ohne es selbst zu wissen, die prophetischen Vögel verscheuchen. Diesen Eulenvertreibern verdanken wir den Anbruch des neuen Tages. Über die enorme Entfernung hinweg gestalten Rolandos Hände jede einzelne meiner schlaflosen Nächte.

Verstohlen und gehetzt, als würde er von Löwen verfolgt, stürmt der Verwalter frühmorgens in unsere Unterkunft. Er wirft einen Blick auf die Straße, bevor er die Tür schließt, wischt sich mit einem Taschentuch über die Stirn und lässt sich dann auf das schwarze Ledersofa fallen.

»Meine Frau darf mich nicht hier sehen. Sie ist unmöglich, diese Frau!«

Hastig bringt er seine Erklärungen vor. Er fürchtet, wir hätten einen falschen Eindruck davon zurückbehalten, was sich beim Treffen in der Shitala offenbart hatte. Was da zum Ausdruck gekommen war, sei Neid. Das Krebsgeschwür unserer Gesellschaft, wie er sagt. Und ebendieser Krebs habe kürzlich zur Entlassung eines seiner Assistenten in der Verwaltung geführt. Die Karriere eines altgedienten Parteimitglieds, Simão Mutapa mit Namen, sei kurzerhand zerstört worden.

»Wollen Sie nicht den Ventilator einschalten? Ich habe den Generator angestellt, die Gesellschaft hat Kraftstoff liefern lassen.«

Ein lärmender Ventilator wird in unsere Richtung gedreht. Wir wechseln stumme Blicke und warten ab, dass der Verwalter Atem schöpft. Dann findet er seine Sprache wieder und erklärt, die Leute hätten schon vor unserer Ankunft ausgemacht, wer an den traurigen Ereignissen schuld sei.

»Sie haben Simão Mutapa beschuldigt.«

Im Dorf wurden Gerüchte verbreitet, die Familie Mutapa besitze geheime Kräfte. Bei Simão im Haus, hieß es, würden die Löwen fabriziert. Logische Klarstellung nutzte nichts, ein Untersuchungskomitee, von der Provinzverwaltung geschickt, nutzte nichts. Mutapa öffnete sein Haus und zeigte seine Privatsphäre, um seine Unschuld zu beweisen. Sie durchwühlten das Haus, das Grundstück, seinen Arbeitsplatz. Sie fanden keinerlei Mintela, nichts von den Materialien, aus denen man Löwen herstellt. Aber sie behaupteten felsenfest, dass er Löwen fabriziere.

»Und worin bestehen diese Mintela?« will der Schriftsteller wissen.

Früher waren Mintela nur Wurzeln, Rinden und Knochen. Jetzt zählen zu den Zauberstoffen auch Abfälle des modernen urbanen Lebens: Säure aus Autobatterien, alte Mobiltelefongehäuse, Computertastaturen.

»Es muss doch einen Grund für so einen Verdacht gegeben haben«, hakt Gustavo nach.

Der Verdacht stützte sich auf einen einzigen Umstand. Die Mutapas häuften Besitztümer an. Für jeden von uns war das, was der Staatsdiener besaß, herzlich wenig, fast nichts. Ein paar Zuckerrohrstauden, ein paar Bananenstauden und ein Destillierkolben, mit dem seine Töchter Lipa herstellten. Doch in den Augen der Dorfbewohner war das ein unerklärlicher Reichtum. In einem Ort, wo niemand etwas werden kann, fiel Simão Mutapa schließlich auf. Die Nachbarschaft wurde gereizt. Und Nachbarschaft ist wie Medizin: Sie kann sehr gut sein, was sich aber erweist, wenn es eine Krankheit gibt. Unter dem Vorwurf, er »fabriziere« Löwen, wurde Simão zusammengeschlagen und bekam Morddrohungen. Am nächsten Tag machten er und seine Familie sich auf den Weg und verschwanden.

Am späten Nachmittag kommt Naftalinda Makwala zu uns, um uns zu warnen, dass sich im Dorf etwas tut. Wir sollen aufpassen, aber wir sollen das Haus nicht verlassen und uns nicht exponieren. Wir sollen die Augen offen halten, uns aber nicht draußen zeigen.

»Wenn Sie hinausgehen, sind Sie in Lebensgefahr!«

»Was ist denn los?«, fragt der Schriftsteller ängstlich und hebt die Gardine vor dem Fenster an.

»Senhor Gustavo! Gehen Sie da weg! Sie dürfen das nicht sehen.«

Die First Lady schickt mich in eine Ecke und stellt sich so dicht vor mich, dass ihre mächtigen Gesäßbacken an mich drücken. Vom Fenster aus könnten wir den Platz vor dem Haus überblicken.

»Die Männer sind gleich da. Bleiben Sie hier, bei mir«, sagt sie.

Das Kuyola liu, das Ritual, das der kollektiven Jagd vorausgeht, wird gleich beginnen. Der Platz bereitet sich vor, die zwei Dutzend Männer zu empfangen, die frühmorgens Jagd auf die Löwen machen werden. Wie gern wäre ich näher dran, wie gern würde ich an dem Ritual teilnehmen! Naftalinda versteht meine Enttäuschung: »Für Sie gilt, was für mich als Frau gilt: Wir bleiben außen vor. Wir leisten uns gegenseitig Gesellschaft. Ist es nicht nett hier drin, im Schatten?«

Schatten? Im Haus herrscht tiefste Finsternis. Draußen verlöschen die Reste des Tageslichts. Das Ritual ist im letzten Moment angesetzt worden. Die Familienoberhäupter wollen, dass sie, die Einheimischen, die Gefahr beseitigen, die über dem Dorf schwebt. Sie wollen nicht mir, einem Auswärtigen, die Lorbeeren dieses Kampfs gegen so mächtige, unsichtbare Kräfte überlassen.

Die Männer von Kulumani und dazu noch ein paar aus benachbarten Dörfern haben sich versammelt. Alle haben einen Bogen, ein Gewehr, ein Buschmesser und ein Netz, Proviant in Beuteln und Wasser in Feldflaschen mitgebracht. Sie drängen sich auf dem Platz rund um die Shitala, offenbar gibt es keine Regeln für den Ablauf und keine Rangordnung unter ihnen. Sie vertreiben die Hunde, die wegen der Unruhe nervös werden. Ein Junge will sich der Gruppe anschließen, er wird sofort weggeschickt. Er hat das Initiationsritual noch nicht absolviert. Nach und nach, als gäbe es einen verborgenen Zeremonienmeister, sind die ersten Gesänge zu hören, Tanzschritte werden schüchtern geprobt. Naftalindas Körper kann nicht widerstehen, sie wiegt ihr Gesäß, drückt es immer stärker an mich. Mir wird schwindlig. Was, wenn der Verwalter mich bei diesem sanften Wiegeschritt mit seiner Frau überrascht? Plötzlich ruft ein Tänzer: »Tuke kulumba!«

Es ist das Zeichen zum Einsatz. Wie von einer unsichtbaren Welle erfasst, stampfen die Männer rhythmisch auf den Erdboden, eine Staubwolke hüllt sie ein.

»So, der Staub ist aufgestiegen!«, flüstert die First Lady, ihr Gesicht dicht an meinem.

»Jetzt«, sagt sie, »krieg ich nur die Wut, ich kann dieses Theater nicht länger ansehen.« Und sie geht zu Hanifa, die draußen hinterm Haus eine Mahlzeit vorbereitet.

Plötzlich kommt der Verwalter Makwala über den Platz. In seiner Begleitung der Polizist. Während er sich den Staub abklopft, schreit er: »Was ist hier los? Eine Demonstration? Ist die angemeldet und genehmigt?«

Ich nutze die Abwesenheit der First Lady und schleiche mich aus dem Haus, entgegen der strikten Anweisung, mich nicht zu zeigen. Der Schriftsteller kommt hinterher, den Fotoapparat umgehängt. Wir gehen zu Florindo Makwala in der Platzmitte. Die Dorfbewohner brechen ihre Zeremonie ab und sehen uns stumm und feindselig an. Ihre Blicke sagen deutlich: Wir sind Eindringlinge, wir entweihen die Situation. Der Schriftsteller begreift sofort, dass Fotografieren nicht infrage kommt. Und es genügt ein Wort auf Shimakonde, um den Verwalter in die Schranken zu weisen, sodass er keine weiteren Fragen mehr zu stellen wagt.

Ein Jäger löst sich aus der Gruppe, kommt auf mich zu und nimmt eine Kugel aus dem Patronengurt, den ich umhängen habe. Er dreht die Kugel zwischen den Fingern und besieht sie eingehend. Dann fragt er: »Wissen Sie, wer die gemacht hat?«

»Wer die Kugel gemacht hat?«

»Ja.«

»Das kann man nicht wissen …«

Der Mann grinst arrogant. Dann hebt er seinen Speer in Höhe seines Gesichts, sieht mir in die Augen und verkündet: »Ich weiß, wer meine Waffe gemacht hat.«

Anschließend dreht er sich in akrobatischen Pirouetten, bei jeder Umdrehung berührt er den Boden mit den Fingerspitzen. Er hebt einen faustgroßen Stein auf, hält ihn über den Kopf und nimmt sich nun den Verwalter Makwala vor. Er spricht zu ihm auf Shimakonde. Der Polizist übersetzt für mich: »Ihr könnt das hier alles verkaufen, den Himmel, das Land, das Wasser. Ihr könnt uns verkaufen. Aber die Geister sprechen nicht mit Geld.«

Noch ein paar Hüpfer, dann redet der Jäger weiter: »Unter allen Steinen der Welt gibt es einen, der nicht aus der Erde stammt. Das ist der fliegende Stein.«

Mit ganzer Kraft wirft er den Stein in die Luft, mit so großem Schwung, dass er jenseits der Baumwipfel verschwindet. Alle wissen, dieser Stein wird nie mehr zu Boden fallen. In einen Vogel verwandelt, wird der Stein die Dorfbewohner bei der Suche nach Jagdbeute führen. Nach einer Weile beginnt der Tanz von Neuem. Der Polizist sagt: »Ich weiß nicht, ob es sinnvoll ist, dass wir noch länger hierbleiben.«

Die Männer beginnen ihre Kleider abzulegen. Dann werden ihre nackten Körper mit einem Aufguss aus Baumrinde übergossen. Durch den Sud sollen sie gegen jedes Unheil gefeit sein.

Ich gehe kurz hinter dem Haus nachsehen. Hanifa, mit dem Rücken zu mir, ist damit beschäftigt, das Feuer der Kochstelle zu löschen. Während der rituellen Waschungen darf kein einziges Feuer brennen. Erst wenn sie beendet sind, werden Hanifa und alle anderen Frauen das Feuer neu anfachen.

Die Männer tanzen noch eine Weile, und während sie hüpfen und sich drehen, verlieren sie allmählich ihre Hemmungen und fangen an zu brüllen und zu knurren, Geifer läuft ihnen über das Kinn. Da begreife ich, diese Jäger sind nicht mehr Menschen. Sie sind Löwen. Diese Männer sind genau die Tiere, die sie jagen wollen. Das Geschehen auf dem Platz bestätigt lediglich: Die Jagd ist Zauberei, die letzte ihnen noch erlaubte Zauberei.

Schließlich ziehen die Männer still davon, und so, schweigend marschierend wie eine militärische Formation, werden sie tagelang den Busch durchforsten, ohne nach Essen, Wasser oder Unterstand zu verlangen. Merkwürdige Ruhe herrscht jetzt in Kulumani. Nach und nach wird das Feuer der Kochstellen in den Hütten wieder angezündet.

Begeistert bemerkt der Schriftsteller: »Ein unvergessliches Schauspiel! Eine ursprüngliche Darbietung, so ein Jammer, dass ich nicht fotografieren konnte!«

»Hat es Ihnen gefallen?«, fragt Naftalinda. Ihr Lächeln ist rätselhaft, fast niedergeschlagen. Dann fragt sie noch: »Wie viele Männer waren da?«

»Vielleicht rund zwanzig.«

»Die anderen waren zu zwölft.«

»Welche anderen?«

»Diejenigen, die Tandi, mein Hausmädchen, umgebracht haben. Das waren zwölf. Ein paar von denen haben gerade vor Ihren Augen getanzt.«

»Sie haben sie umgebracht?«

»Ihre Seele haben sie getötet, nur ihren Körper übrig gelassen. Einen verwundeten Körper, Ruine eines Menschen.«

Sie berichtet, was geschehen war. Das Hausmädchen war versehentlich über das Mvera gegangen, das Lager für die Initiationsrituale für Jungen. Der Ort ist heilig, Frauen ist ausdrücklich untersagt, das Gelände zu betreten. Tandi hat das nicht beachtet und wurde bestraft. Alle Männer haben sich an ihr vergangen. Alle haben sie vergewaltigt. Das Mädchen wurde zum örtlichen Gesundheitsposten gebracht, aber der Sanitäter hat sich geweigert, sie zu behandeln. Er fürchtete Vergeltung. Bei den Distriktbehörden wurde Anzeige erstattet, aber sie haben nichts unternommen. Wer in Kulumani wagt es, sich gegen die Tradition zu erheben?

»Mein Mann hat nichts gesagt. Selbst als ich ihm gedroht habe, hat er nichts getan.«

Ich weiß nicht, was ich darauf antworten soll. Dona Naftalinda richtet sich auf und blickt zu dem Weg, den die Jäger genommen haben. Während sie weiter das Feuer anfacht, murmelt sie: »Ich weiß nicht, was die im Busch suchen wollen. Dieser Löwe, der befindet sich hier im Dorf.«

Es ist endgültig dunkel, als der Verwalter zu uns kommt. Er ist erregt, etwas an der Jägerzeremonie hat ihn erschreckt. Er möchte, dass wir uns auf der Stelle für eine Expedition fertig machen. Wir müssten dringend die Initiative ergreifen und dafür sorgen, dass wir und nicht die anderen die Löwen töten.

»Diese Leute, diese Traditionalisten, dürfen uns nicht zuvorkommen.«

Florindo Makwala erwartet eine Erklärung von mir, ein Versprechen, dass wir schnell handeln werden.

Doch erst nachdem er gegangen ist, entscheide ich mich. Im flackernden Licht des Petromax inspiziere ich meine Ausrüstung, während der Schriftsteller sich auf meine Bitte um Auto, Benzin und Scheinwerfer kümmert. Meine Anweisungen für Gustavo sind kurz und knapp, in fast militärischem Ton. Als wir schlafen gehen, erkläre ich gleichsam, um meine autoritären Befehle gutzumachen: »Wir müssen die Sache schnell regeln. Mir gefällt nicht, was für eine Atmosphäre hier entsteht.«

Am nächsten Morgen, noch bevor es richtig hell ist, lenke ich den Wagen über kaum vorhandene Pisten.

»Warum haben wir den Fährtenleser nicht mitgenommen?«, fragt der Schriftsteller ängstlich.

»Genito hat getrunken. Außerdem sollen Sie sich eine Vorstellung vom Gelände machen. Das hier ist jetzt eine Erkundungsfahrt.«

»Finden wir auch zurück?«, fragt Gustavo weiter.

Der Verwalter auf dem Rücksitz hat keine Zweifel. Wir werden problemlos zurückfinden. Denn er, obwohl nicht aus Kulumani, kenne die Gegend durchaus. Seine Frau Naftalinda werfe ihm vor, er regiere vom Sessel im Verwaltungsgebäude aus. Aber das stimme nicht.

Ich höre kaum zu, bin damit beschäftigt, nach Fährten Ausschau zu halten.

»Hanifa hatte recht, die Löwen sind hier gewesen.«

Nach wenigen Kilometern kommen wir auf eine der üblichen Lichtungen, die zum Schutz der Felder geschlagen werden. In der Mitte der Lichtung steht ein dicht belaubter Baum, und an seinen dicken Stamm sind zwei halb nackte junge Männer gefesselt, die eindeutig misshandelt wurden. Wir halten an und steigen aus, um zu erfahren, was passiert ist.

»Was ist hier los?«, fragt Florindo Makwala auf Portugiesisch.

Die Burschen sehen uns an, als dürften sie nichts sagen. Der Verwalter versucht es auf Shimakonde, sie zum Sprechen zu bringen. Vergeblich. Sie bleiben stumm. Florindo gibt nicht auf. Sie antworten mit Kopfbewegungen, ohne ein einziges Wort. Makwala fasst für uns zusammen: »Diesen armen Teufeln wird vorgeworfen, sie fabrizierten Löwen. Die Jäger haben sie gefesselt, als sie in der Nacht hier vorbeikamen. Später, wenn sie zurückkommen, wollen sie Selbstjustiz üben.«

Als wir ihnen die Handgelenke losbinden, bleiben die jungen Männer regungslos dicht am Baumstamm stehen.

»Ihr könnt gehen«, sagen wir.

»Wohin?«, fragt schließlich der eine.

»Wohin ihr wollt, ihr seid jetzt frei.«

Sie rühren sich nicht. Mir kommt es vor, als wären sie mit dem Baum verwachsen. Wir fahren weiter, die Verurteilten bleiben im Bann ihrer Angst starr stehen. Sie werden dort auf die Rückkehr ihrer Peiniger warten.

Ich fahre weiter über grasbewachsene Pfade. Es ist ein Gefühl, als ob ich in einem Kanu inmitten grüner Wellen sitze, die bis zum Horizont wogen. Der Jeep kommt so langsam voran, dass wir zu Fuß schneller wären.

Auf einem Hügel halte ich den Wagen an, nehme den Hut vom Kopf und tue so, als suchte ich den Himmel ab.

»Haben wir uns verfahren?«, fragt Gustavo ängstlich.

»Verfahren ist gut. Das bedeutet, dass es Wege gibt. Ernst wird es, wenn es keine Wege mehr gibt.«

»Ich frage, ob Sie noch imstande sind, Wege zu finden?«

»Hier im Busch finden nicht wir die Wege, sondern die Wege finden uns.«

Hinter mir höre ich Florindo Makwala lachen. Im Gesicht des Schriftstellers steht Demütigung. Jedes meiner Worte, jedes Schweigen von mir wirkt auf ihn wie ein Vorwurf. Er ist ein Städter, kommt nicht einmal mit dem Boden zurecht, auf den er die Füße setzt. Die Wahrheit ist schlicht und einfach, in dieser Welt muss ich Gustavo sogar das Gehen beibringen.

Als wir zum Wagen zurückkommen, steht die Sonne im Zenith, und die Hitze lässt im hohen Steppengras Luftspiegelungen entstehen.

»Jetzt wäre ein Whisky mit Eis nicht schlecht«, scherzt Florindo.

Die beiden erzählen sich geschmacklose Witze. Plötzlich weise ich sie an, still zu sein. Ich gebe vor, etwas zu hören, das ihnen entgangen ist. Mein strenger Ton erschreckt sie: »Sie sind jetzt still und bleiben hier sitzen. Sie steigen unter keinen Umständen aus, verstanden?«

In der Hocke, die Waffe im Anschlag, bewege ich mich so geräuschlos wie möglich vorwärts und verschwinde zwischen Büschen. Dann ist nur noch die Stille zu hören, eine erschreckende Stille herrscht rings um die beiden, die vor Angst erstarrt im Jeep auf mich warten. Ich höre sie leise sprechen.

»Ob er lange wegbleibt?«, fragt Florindo.

Die halblaute Unterhaltung, die nur dazu dient, über ihre Angst hinwegzutäuschen, bricht jäh ab. Denn ich schieße in die Luft. Um noch mehr Angst zu verbreiten, komme ich angelaufen, springe über die Büsche und schreie, dass wir sofort wegmüssen. Der Schriftsteller wirft sich ans Steuer, und im nächsten Augenblick jagt der Jeep im Affentempo davon.

»Was ist passiert, Arcanjo?«, fragt der Schriftsteller zitternd.

»Darüber kann ich nicht sprechen.«

Der Verwalter sagt kein Wort. Wenn ich über den Grund für meinen Schrecken nicht sprechen kann, übersteigt das Geschehen menschlichen Verstand. Als wir wieder im Dorf sind, ziehe ich mich wortlos zurück. In meinem Zimmer höre ich, wie Florindo und Gustavo reden: »Was um Himmels willen war da los?«

»Woher soll ich das wissen?«

»Allmählich glaube ich schon an dieselben Sachen wie die armen Leute hier. Womöglich hat er so etwas gesehen.«

»Was, so etwas?«

»Die lahme Schlange zum Beispiel.«

Der Verwalter erklärt es genauer. Im Dorf gibt es eine Schlange, die sich auf den stillen Dächern und den weiten Wegen herumtreibt. Diese Giftschlange geht zu den glücklichen Menschen und beißt und vergiftet sie, ohne dass sie es jemals merken. Das ist der Grund, warum in Kulumani alle in gleicher Weise unglücklich sind. Alle haben Angst, Angst vor dem Leben, Angst vor der Liebe, Angst sogar vor ihren Freunden. Manche nennen dieses Monster Teufel. Bei anderen heißt es Shetani. Für die meisten ist es aber die lahme Schlange. Der Schriftsteller unterbricht den langen Bericht: »Entschuldigen Sie, mein werter Herr Verwalter, aber in meinen Augen sind wir selbst diese Schlange.«

Honigaugen

*Das Flüstern eines hübschen Mädchens
hört man besser als das Brüllen eines Löwen.*

Arabisches Sprichwort

Meine Honigaugen, die hatten es Arcanjo Baleiro angetan, als er uns vor sechzehn Jahren zum ersten Mal besucht hat. Der Jäger fand mich am Straßenrand und rettete mich, ohne es zu wissen, vor den Übergriffen des Polizisten Maliqueto Próprio. Das habe ich schon erzählt. Aber ich habe nicht gesagt, dass Arcanjo ein paar Tage später zurückgekommen ist und mir Anträge und Versprechungen gemacht hat. Dass er mich in die Stadt mitnehmen wolle. Und wir würden so glücklich sein, dass wir die Erinnerung an alles, was wir vorher erlebt hatten, vergessen würden.

»Komm mit«, hatte der Jäger mich bedrängt. »Wir werden zusammen glücklich sein.«

In Panik habe ich abgelehnt. Was er mir versprach, überstieg alles, wovon ich jemals träumen konnte. Ich habe mich umgesehen, ob uns jemand hörte. Wir haben uns auf dem Küchenhof unterhalten, dem Ort, wo die Frauen am ehesten das Leben vergessen. Ich blickte auf das ewig brennende Feuer, das aufgestapelte Holz, die umgedrehten Töpfe auf dem Erdboden. Das alles habe ich betrachtet, als existierte es von ganz allein. Als würde keine Glut aus unserer Küche geholt, um beim Nachbarn ein neues Feuer zu entfachen. Als wären es keine Frauenhände, die dafür sorgen, dass dieses Feuer nie verlöscht.

»Du sagst nichts, Mariamar?«

Zuhören heißt schon sprechen. Der Jäger sprach von Dingen, die ich nicht kannte, von der Stadt, von Glück, von Liebe. Wie schön war es, ihn sprechen zu hören, wie schlecht war es für mich, seine Worte zu hören! Glück und Liebe sind sich schließlich ähnlich. Man versucht nicht, glücklich zu sein, man entscheidet sich nicht zu lieben. Man ist glücklich, man liebt.

»Wir werden glücklich sein, Mariamar.«

»Wer hat dir gesagt, dass ich glücklich sein will?«

Er hat mich angesehen, als spräche ich eine Sprache, die er nicht versteht.

An diesem Abend gab es Trommelmusik und Tanz. Anfangs stand ich still da und sah zu, wie die anderen ihre Körper sinnlich bewegten, der Boden bebte, als würden die Trommeln tief in der Erde geschlagen. Ich beherrschte mich, bis meine Füße in Brand gerieten. Um mich von diesem Feuer zu befreien, gab ich mich nach und nach dem Rhythmus der Musik hin und wirbelte über den mondbeschienenen Hof. Als Arcanjo mich tanzen sah, kam er zu mir, legte mir den Arm um die Taille und wollte sich mit mir drehen.

»Lass mich los, Jäger, hier fassen die Tänzer sich nicht an.«

»Das ist mir egal, ich tanze so, wie ich es kann.«

Ich dachte daran, was die Männer in Kulumani sagen: Jeder jagt für sich allein. Und Tanzen ist wie Jagen. Jeder Tänzer nimmt die ganze Welt in Besitz. Ich drehte mich einmal um mich selbst, dann sah ich ihn an: »Ich tanze nicht mit dir. Ich tanze für dich. Setz dich hin und sieh zu, wie ich zu einer Königin werde.«

Er fügte sich und gehorchte. Wer mir nicht mehr gehorchte, war die Realität. Denn ich sah mich nackt auf dem Hof tanzen, mich auf dem Boden wälzen, nach und nach meine menschliche Haltung verlieren. Arcanjo gab sich geschlagen, sprachlos, hilflos. Ihn so schwach und verletzlich zu sehen machte mich noch mehr zur Frau. Ich flüsterte ihm Liebliches ins Ohr, und er schmolz in meinem Schoß dahin. Wir nahmen gar nicht wahr, dass die Feuerstelle erloschen war, ein anderes Feuer war in uns entflammt.

Während ich mich anzog, sprach ich aus, was Arcanjo so sehr erhoffte: »Komm mich morgen holen. Ich gehe mit dir.«

»Ja, ich komme. Bevor das Dorf erwacht, komme ich dich holen.«

In dieser Nacht überkamen mich alle Träume, die man träumen kann. Bis zum Tagesanbruch saß ich an der Tür zu meinem Zimmer, die Hände über dem Koffer auf meinem Schoß. In diesem Koffer steckte meine Zukunft. Ordentlich gefaltet und zusammengelegt wie Kleidungsstücke, warteten alle meine Träume und Hoffnungen.

Ich habe den Koffer nie ausgepackt. Denn der Jäger hat mich am nächsten Morgen nicht abgeholt. Vergesslichkeit, dachte ich, um meine Kränkung zu mildern. Ein kleines Versehen, das Arcanjo später gutmachen würde. Er würde nach Kulumani zurückkommen, wo, um Zeit zu sparen, mein Koffer fertig gepackt bereitstand.

Nach und nach, so als stürbe ich, ohne krank zu sein, fügte ich mich der Einsicht: Arcanjo hatte mich sitzen lassen. Alle meine Träume verwandelten sich einer nach dem anderen in einen immer wiederkehrenden Albtraum. Und tief im Schlaf erklangen undeutliche Stimmen: »Dombe! Dombe!«

In der Ferne, jenseits des Morgennebels, riefen Menschen. Sie hielten uns für Geschöpfe der weißen Rasse. Deshalb bezeichneten sie uns als Dombe, das ist der Name für Fische. Seit die Portugiesen vor Jahrhunderten hierherkamen, nennt man sie so. Vom Wasserhorizont her an den Strand gespült, konnten sie nur im Ozean entstanden sein. Denn von dort stammten wir, Arcanjo und ich.

Der Jäger lag bewusstlos neben mir und war offenbar verschieden. Das war mein Albtraum: Arcanjo und ich waren an einen Strand gespült worden, als wir in einem Kanu flussabwärts flohen. Die Strömung hatte uns über die Mündung hinausgetragen und uns schließlich in der Brandung zwischen Treibgut geworfen, das überall im Sand verstreut lag.

Nach und nach tauchten Schatten aus den Dünen auf, strahlende Gestalten kamen auf uns zugelaufen. Sie kommen uns retten, dachte ich. Aber als sie sich über uns beugten, stahlen sie uns stattdessen unsere Kleider und unsere Habe. Die rasende Horde wurde immer lauter, wobei sie einander rhythmisch anstachelten: »Dombe, dombe!«

»Tötet uns nicht, bitte tötet uns nicht«, flehte ich sie unter Tränen an.

»Ihr seid Fische, wir werden euch ausnehmen.«

»Ich bin ein Mensch! Ich bin schwarz, seht mich doch an!«

Dann wurde mir das Lächerliche meiner Situation bewusst. Wie kann jemand seine eigene Rasse beweisen? Ich wollte auf Shimakonde sprechen, aber mir fiel kein einziges Wort ein. Wieder die rhythmischen Schreie, wie zu einem Hinrichtungsritual. Plötzlich tauchte aus dem nebligen Hintergrund eine Erscheinung auf. Das Buschmesser in der Hand, kommandierte Genito Mpepe die johlende Meute: »Dombe! Dombe!«

Das war das Ende. Mein Vater macht Anstalten, meinen Geliebten zu zerlegen. Der besinnungslose Arcanjo neben mir ist sich der drohenden Gefahr nicht bewusst. Blitzschnell saust das Buschmesser durch die Luft, erreicht aber sein Opfer nicht. Unvermutet verflüssigt sich der Körper des Jägers zu Welle um Welle, bis er Meer ist, nichts als Meer. Arcanjo rettet sich im allerletzten Moment, indem er zu Wasser wird. Im Traum gab auch ich diesem letzten Impuls nach und schloss mich dem Schicksal meines Geliebten an. Wenn mich schon niemand retten kam, wollte ich lieber in einer anderen Substanz aufgehen.

Der Traum lehrte mich, eine Entscheidung zu treffen. Ich wollte durch Ertrinken sterben. Nie habe ich etwas sehnlicher gewollt. Im Wasser sterben ist wie eine Heimkehr. Genau das habe ich empfunden, als ich das Meer zum ersten Mal sah, Sehnsucht nach dem Leib, in den ich in diesem Augenblick zurückkehrte. Sehnsucht nach dem sanften Tod, dem Klopfen eines zweifachen Herzens, dem Wasser, aus dem letztlich unser ganzer Körper besteht.

Meine Mutter Hanifa Assulua klagte, wir seien in Kulumani begraben. Das Gegenteil stimmt. Ertrunken, das sind wir. Wir alle sind schon ertrunken, bevor wir geboren werden. Das Licht, das uns bei der Geburt empfängt, ist der erste Strand, an den wir gespült werden.

An diesem Abend hat mein Vater an meine Zimmertür geklopft. Neugierig habe ich einen Spaltbreit geöffnet: »Ich fahre mit den Besuchern in den Busch. Morgen gehen wir Löwen jagen.«

Nie zuvor hatte mein Vater sich verabschiedet. Frühmorgens verließ er immer das Haus, niemand merkte es. Doch dieses Mal sah er mich mit leerem Blick an und berührte mich am Hals wie früher, als ich ein Kind war.

»Fass mich nicht an!«, reagierte ich wütend.

»Ich wollte mich nur verabschieden«, murmelte er ergeben.

Ich wunderte mich, dass ich diesen Abschied verdiente. In Kulumani kümmern sich die Väter nicht um ihre Töchter, sie sprechen kaum mit ihnen und behandeln sie niemals liebevoll, schon gar nicht in der Öffentlichkeit. Zärtlichkeit ist Sache der Mutter. Warum also schenkte Genito Mpepe mir plötzlich solche Aufmerksamkeit? Dann ging mir durch den Kopf: Es war nicht nur ein Abschied. Er bat um Vergebung. Genito Mpepe wusste, dass er von der Expedition nicht zurückkehren würde. Deswegen bat er mich um Verzeihung. Er bat mich, ihm zu vergeben, dass er nie mein Vater gewesen war. Oder schlimmer noch, dass er nur mein Vater gewesen war, damit ich nicht ein freier und glücklicher Mensch werden konnte.

Merkwürdig, wie sehr unser Herz unseren Verstand regiert. Jahrelang habe ich sein Ende herbeigesehnt und es mir ausgemalt. Inbrünstig habe ich gebetet, ein wildes Raubtier möge ihn verschlingen, so wie es mit Silência geschehen ist. Doch nun, wo er sich plötzlich so demütig zeigte, überkam mich ein schlechtes Gewissen, und ich wurde weich.

»Vater, bitte geh nicht auf diese Jagd!«

Er sah mich über die Schulter an, seine Verwunderung wandelte sich nach und nach zu hilfloser Traurigkeit: »Warum bittest du mich darum, Mariamar?«

»Weil ich einen Traum gehabt habe, Vater. Ich habe vom Meer geträumt.«

Genito Mpepe war ein Spezialist für Vorahnungen. Die Fähigkeit vorauszuschauen hatte ihn zu einem ausgezeichneten Fährtenleser gemacht. Die Zukunft schlich sich in seine Träume, und am nächsten Tag konnte ihn nichts überraschen. Wieso ließ er dieses Mal außer Acht, was für mich ein deutliches Vorzeichen war?

»Du bittest mich das nur, Mariamar, weil du Angst hast, ich könnte deinen geliebten Jäger umbringen. Du willst nicht mich, sondern ihn schützen.«

»Bleib hier, ich bitte dich.«

»Ich muss mitgehen. Ich kann nicht absagen. Sie haben mich schon bezahlt.«

Er drehte sich um und ging schleppend, gleichsam widerwillig weg. Dann hielt er inne und betrachtete eine ganze Weile den Stamm des Tamarindenbaums. Schließlich brach ich das Schweigen: »Ich war so traurig, als der Baum gestorben ist.«

Da verriet mein Vater mir: Als ich an den Beinen erkrankte, hat meine Mutter mich geheilt. Es war nicht die Mission, nicht Pater Amoroso. Meine Mutter hatte für mich Takatuka gemacht. Sie hatte ihren Kummer auf den Baum übertragen, der hatte der Last nicht standgehalten und war eingegangen. Darin besteht Takatuka: das Leid eines Menschen auf einen Gegenstand übertragen. Und das war mit mir geschehen. Hanifa Assulua hatte die Wunden meiner Seele gegen das Leben des Tamarindenbaums eingetauscht. Und dies erzählte mir mein Vater beim Abschied.

Der lebendige Knochen der toten Hyäne

*Eine Armee von Schafen unter dem Kommando
eines Löwen kann eine Armee von Löwen unter
dem Kommando eines Schafs besiegen.*

Afrikanisches Sprichwort

Der Verwalter ist ungeduldig. Die »Operation Löwe«, wie er die Jagdexpedition nun nennt, hat noch kein Ergebnis gebracht. Inzwischen hat er ein Ultimatum seiner Parteivorderen erhalten. Die ausländischen Investitionen stehen auf dem Spiel, falls der Gefahrenherd nicht beseitigt wird.

»Ich habe schon daran gedacht, einen Bericht zu verfassen, dass alles in Ordnung ist.«

»Einen gefälschten Bericht?«

»Das machen wir, die Untergebenen, immer. Wir sagen nie, dass es ein Problem gibt. Wenn wir einräumen, dass es Probleme gibt, kriegen wir nur Probleme mit den Vorgesetzten. Aber Naftalinda hat den Bericht gelesen und gedroht, öffentlich bekannt zu machen, dass er falsch ist. Deshalb, verehrter Herr Jäger, gibt es nur eine Lösung: Beeilen Sie sich und knallen Sie mir die Löwen ab.«

Kurz nachdem Florindo gegangen ist, steht seine Ehefrau, die beleibte Naftalinda, vor unserer Tür. Sie erkundigt sich, ob der Verwalter bei uns gewesen ist. Dann nimmt sie mich zur Seite und flüstert mir ins Ohr: »Florindo hat es eilig. Er will vorweisen können, dass der Auftrag erledigt ist. Er hat Waffen bestellt, um sie an die anderen zu verteilen. Seien Sie vorsichtig, mein Freund. Es gibt hier Leute, die wollen Sie umbringen.«

An diesem Nachmittag gehe ich allein los. Mein Ziel ist der Wald längs der Straße nach Palma. Ein Vorgefühl sagt mir, dass der Weg nicht vergeblich sein wird.

Mein Vorgefühl war richtig. Nach einer halben Stunde taucht im Gegenlicht am anderen Ufer eines ausgetrockneten Flussbetts eine Löwin auf. Sie wirkt nicht erschrocken, so als hätte sie die Begegnung erwartet. Ohne Vorwarnung geht sie zum Angriff über, und im Nu hat sie den Abstand zwischen uns überwunden. Noch überraschender als der Angriff der Löwin kommt mein eigener Aufschrei: »Gott steh mir bei!«

Dieser verzweifelte Hilferuf ist alles, was mir bleibt, als der Abzug des Gewehrs darauf wartet, dass mein Finger sich krümmt. Welcher Fluch liegt auf mir, dass ich, anstatt abzudrücken, meine Seele Gott empfehle? In meinem Innern kämpfen die Prophezeiung meiner Mutter und das Erbe meines Vaters gegeneinander.

Doch unvermittelt hält die Löwin in ihrem Angriff inne. Womöglich überrascht es sie, dass ich nicht in Panik davonlaufe. Sie steht mir gegenüber, ihre Augen starren meine an. Sie ist verwirrt. Ich bin nicht der, den sie erwartet hat. Im selben Augenblick hört sie auf, Löwin zu sein. Als sie sich zurückzieht, gibt es sie schon nicht mehr. Sie ist nicht einmal mehr ein lebendes Geschöpf.

Ich kehre so niedergeschlagen und leer zu unserer Unterkunft zurück, dass ich mich auf die Veranda lege, bereit, im Freien zu schlafen. Ich hatte die Löwin in Schussweite vor mir und habe, von Angst gepackt, wie ein Anfänger versagt. Ich habe kein Dach verdient. Vielleicht vergeben die Götter mir eher, wenn ich so demütig und ungeschützt bin.

Ich bin keiner, der den Himmel um Hilfe anfleht, wenn er in Not ist. Beten tue ich nur im Schlaf. Meine Träume sind meine einzigen Gebete. Möge Gott mir das nicht übel nehmen. Denn es ist so, dass mir lediglich eine kleine Seele für begrenzte Zeit geblieben ist. Nur nachts erwacht dieser Geist, mit zartem Flüstern, sodass es niemand sonst hört. Ich bitte um Vergebung für meinen Abstieg ins Tiersein. Eine Seele zu haben ist für mich jedoch eine so große Belastung, dass ich sie nur im Tod ertragen könnte. Deshalb habe ich so oft geliebt, so viele enttäuschte Lieben erlebt. Deshalb gehe ich auf die Jagd. Damit ich innerlich leer werde. Nicht mehr Mann sein muss.

Die großartige Gelegenheit, die ich durch eigene Schuld nicht genutzt habe, setzt sich wie eine fixe Idee in meinem Kopf fest. Die Löwin blickt mich weiterhin an, taxiert meine Seele. In ihren Augen leuchtet ein göttliches Licht. Mir kommt der merkwürdigste Gedanke: dass ich irgendwo schon einmal in diese Augen geblickt habe, die selbst einen Blinden hypnotisieren können.

Sanfte Müdigkeit lässt meinen Körper ermatten, mich lullt derselbe Stumpfsinn ein, der Schmetter-

linge dazu bringt, wie trunken um die Petroleumlampe zu schwirren. Ich schlafe ein. Und träume. Ich
bin das Gegenteil des traditionellen Jägers, der vor
der Jagd von dem Tier träumt, das er erlegen wird. Ich
dagegen träume von mir selbst, träume, dass ich erst
zum Leben erwache, nachdem ich von wilden Tieren getötet wurde. Diese Raubtiere sind jetzt meine
privaten Ungeheuer, meine Lieblingsgeschöpfe. Sie
werden für immer zu mir gehören, für immer durch
meine Träume wandern. Denn schließlich bin ich ihr
gezähmter Gefangener.

Im Traum erscheint mir Kulumanis alte Kirche. Als
ich die verrostete Tür öffne, erblicke ich einen weißen
Pater. Ein Portugiese, sein Gesicht kommt mir bekannt vor. Man kann kaum glauben, dass er Priester
ist. Mit seinem zerzausten Haar und der zerschlisse-
nen, schmutzigen Soutane sieht er wie ein Bettler aus.

»Tritt ein, mein Sohn«, fordert er mich auf. »Meine
Schäfchen erwarten dich schon seit Langem inbrünstig. Arcanjo, Erzengel, ist dein Name, und du bist
von Gott gesandt.«

Mein Auge gewöhnt sich an das Halbdunkel. Diejenigen, die der Pater als seine Schäfchen bezeichnet, stellen sich als Löwen und Löwinnen heraus. Die
Raubkatzen sitzen respektvoll da und lauschen mit
menschlicher Hingabe der Botschaft, die der Priester von der Kanzel verkündet. Und gemeinsam beten
Priester und Gläubige dafür, dass ich meinen Auftrag
erfolgreich zu Ende führe: dass ich der Brutalität der
Menschen ein Ende setze, die auf unschuldige Lö-

wen Jagd machen. Der Priester hebt den Kelch. »Dies ist dein Blut«, verkündet er. Die Löwen können sich nur mühsam beherrschen, ihr Speichel tropft auf die Kirchenbänke. Mit ausgebreiteten Armen und dröhnender Stimme, um nicht im Brüllen der Löwen unterzugehen, verkündet der Priester: »Du bist nicht gekommen, um einen Löwen zu töten. Du bist gekommen, um einen Menschen zu töten!«

So ein verdammter Traum, denke ich beim Aufwachen. Ich erzähle dem Schriftsteller von den Geistern, die mich nachts quälen. Gustavo lacht: »Merkwürdig, dass wir immer von denselben Tieren träumen: Löwen, Tiger, Adler, Schlangen. Im Grunde wollen wir selbst diejenigen sein, die uns verschlingen können.«

Am frühen Morgen breche ich mit dem Schriftsteller und dem Fährtenleser Mpepe zu dem dürren Ödland im Norden des Dorfes auf. Dort sind die Löwen in der vergangenen Nacht herumgeschlichen. Ich bin zuversichtlich, dass es ein Leichtes sein wird, sie zu verfolgen. Die Löwen hinterlassen auf der ausgedehnten Sandfläche perfekte Fährten. Das Gebiet wird Kuva Vila genannt. Und der Name trifft es genau: Er bedeutet auf Shimakonde leer. Das Gelände ist öde, gottverlassen. Es heißt, kein Regentropfen habe sich je dorthin verirrt.

Wir sind noch nicht weit gegangen, da bemerken wir in der Ferne eine einzelne Hyäne. Sie bewegt sich wie eine Fata Morgana vor dem diffusen Hintergrund des Ödlands. Der Schriftsteller hat Mühe, sie auszumachen. Dann, als er sie erkennt, blitzt sekundenlang das Leuchten aller Sinne in seinem Gesicht auf. Hinterher erkläre ich ihm: Das ist es, was süchtig macht. Nicht das Töten fasziniert mich. Sondern die Begegnung mit dem flüchtigen Wunder, mit dem vergänglichen, unwiederholbaren Augenblick. Plötzlich rüttelt mich Genito Mpepes entschiedener Befehl wach: »Los, schießen Sie!«

»Auf eine Hyäne?«

»Sehen Sie es nicht? Die trägt etwas im Maul, das sieht aus wie ein Stück von einem Bein.«

Ich fürchte, dass meine Finger mir erneut nicht gehorchen. Doch dieses Mal wird das Gewehr seiner tödlichen Bestimmung gerecht. Der Schuss trifft genau, die Hyäne sackt zu Boden, ihr Leben ist ausgelöscht. Das alles verwirrt mich jählings. Warum hatte ich dieses Mal Kontrolle über meine Finger? Die Erinnerung an meine Mutter, mit meinem Blut verschmiert, als brächte sie mich noch einmal auf die Welt, kommt in mir hoch. Ich höre wieder ihre Prophezeiung: Mir sei nicht vorherbestimmt, Jäger zu werden. Doch warum sollte diese Prophezeiung sich erst jetzt als zutreffend erweisen?

»Toller Schuss, gleich umgekippt!«, gratuliert der Fährtenleser.

Aber die Wahrheit ist, dass ich zum ersten Mal ohne Anteilnahme, ohne Gefühl geschossen habe. Der Schuss hat die Stille zerrissen, ohne dass ich bewusst abgedrückt habe.

Als ich mich über die Beute beuge, stelle ich fest, dass sie einen Knochen im Maul hat. Er lässt sich nicht so leicht aus den mächtigen Kinnladen lösen. Kein Zweifel, es ist ein menschlicher Schenkelknochen. Die Hyäne hat in dem vermaledeiten Sand gewühlt und ihn ausgegraben.

»Wissen Sie, was das bedeutet?«, fragt Genito. »Das bedeutet, dass die Löwen noch einen Menschen getötet haben.«

Als wir nach Kulumani kommen, hat sich eine Menschenmenge vor der Verwaltung versammelt. Sie haben den Schuss gehört und hoffen auf gute Nachrichten. Doch als sie erkennen, was wir hinten im Jeep mitbringen, sind sie schnell enttäuscht.

»Diese Hyäne gehört jemandem«, flüstert mir der Blinde im Uniformrock zu.

Sogleich ist man sich einig. Dieses Tier hat nicht seinem Instinkt gehorcht. Vielmehr hat es einen Auftrag erledigt. Niemand, auch kein Tier, wühlt in dem verbotenen Boden von Kuva Vila. Seit Urzeiten ist bekannt, dass dort nur die sterblichen Überreste ehemaliger Krieger begraben wurden. Krieger aus all den heroischen Kämpfen, die im Lauf der Zeiten zusammenkamen, den Kriegen gegen die Ngunis, den Kriegen der Deutschen, dem Krieg gegen das portugiesische Militär, dem Bürgerkrieg und anderen einheimischen Kriegen, die namenlos blieben.

Es wird beschlossen, den verhängnisvollen Knochen zu einer alten Zauberkundigen namens Apia Nwapa zu bringen. Ein Knochen taucht nicht einfach aus dem Nichts auf. Viel schlimmer noch, wenn der Knochen, wie in diesem Fall, tatsächlich aus dem Nichts aufgetaucht ist. Ich lehne es ab, die Geister zu befragen. Für solche Späße habe ich keine Zeit. Aber der Schriftsteller beharrt darauf, der Besuch sei unerlässlich, ich dürfe nicht kneifen und müsse zu der Zeremonie mitgehen. Denn damit würde mir weiterer Segen für den Erfolg meines Auftrags zuteilwerden.

»Ich frage den Fluss um Erlaubnis.«

Die Zauberkundige zieht den Schatten spendenden Hut tiefer ins Gesicht und wird in diesem Augenblick selbst zu einem Schatten. Apia Nwapa platzt vor Stolz: Leute von auswärts (darunter ein Vertreter des Verwalters persönlich) sitzen in ihrer Kultstätte.

Die Frau lehnt sich schwer an den Stamm des Baobab. Die Beine nebeneinander ausgestreckt, rückt sie sich zurecht, als wäre dies ihre private Kirche. Ihr Blick verweilt lange auf dem Schriftsteller, auf mir und auf Maliqueto Próprio. Dann verkündet sie wieder: »Bevor ich Ihnen die Genehmigung zum Jagen erteilen kann, muss ich den Fluss um Erlaubnis fragen.«

»Den Fluss?«, frage ich gereizt.

»Der Fluss hat seine Gesetze. Im Lideia wohnt das große Ngwena. Sie kennen dieses Krokodil sehr gut, Senhor …«

»Ich kenne es?«

»Es ist dasselbe Krokodil, das Sie vor langer Zeit getötet haben.«

Ich kann mir ein Lachen nicht verkneifen. Ngwena, das Krokodil? Ich hatte bereits die Erlaubnis, eine Waffe zu tragen, hatte den Auftrag, die Mörderlöwen zu erschießen. Und jetzt sollte ich den Schiedsspruch eines imaginären Krokodils abwarten? Das frage ich halb schüchtern, halb ungläubig. Apias Stimme klingt beherrscht, doch sie nimmt kein Blatt mehr vor den Mund: »Imaginär? Sie glauben nicht an das Krokodil? Was für ein Afrikaner sind Sie?«

»Lassen wir meine Angelegenheit außen vor. Wir sind hier, damit Sie einen Knochen identifizieren können, den wir im Maul einer Hyäne gefunden haben.«

Der Knochen wird ihr vor die Füße gelegt. Sie rührt sich nicht, betrachtet den Skelettrest nur aus der Distanz. Dann schließt sie die Augen und zieht die Luft tief ein, als prüfe sie den Geruch.

»Dieser Knochen ist noch quicklebendig. Es war ein Auftragsmord.«

Die Gebeine sind das einzig Ewige von uns. Der Körper vergeht, die Erinnerungen verblassen. Die Knochen bleiben für immer. Dies sind Apia Nwapas Argumente: Was da vor uns lag, sei kein einfacher Schenkelknochen. Vielmehr sei dies der Beweis für ein Menschenleben.

»Ja, aber wessen?«

»Mein Mund benennt niemanden. Sie wissen, wessen.«

»Sind wir hierhergekommen, um das zu hören?«, frage ich herausfordernd.

»Dann will ich noch etwas sagen, Sie als Jäger, Sie werden herausfinden, was hinter meinen Worten steckt«, sie macht eine Pause und fügt mit geschlossenen Augen hinzu: »Eine Frau am Boden, tiefer gefallen als Staub. Am Ende wird jemand von einem Skelett geschwängert.«

Die Botschaft klingt unverständlich, doch Maliquete versteht anscheinend genau, was sie besagt. Später, weit weg vom Haus der Zauberkundigen, ruft er uns an den Straßenrand und erklärt: »Der Knochen stammt von Tandi, der Haushaltshilfe des Verwalters, die vergewaltigt wurde.«

Die Schreie im Dorf bestätigen die Trauer: Die Nachricht vom neuen Opfer der Mörderlöwen hat sich schon herumgesprochen. Dass es Tandi ist, überrascht niemanden. Nachdem sie vergewaltigt worden war, ist sie zu einem Vashilo geworden, einem Wesen, das die Nächte hindurch schlafwandelt. Ungeschützt und so allein, wie sie war, hat sie sich den gefräßigen Löwen ausgesetzt. Tandi hat Selbstmord begangen.

Als ich schlafen gehe, ist noch immer das Klagen der Frauen in den Straßen zu hören. Sie beweinen die Tote. Doch mehr noch als ihren Tod beklagen sie ihr kurzes, trauriges, freudloses Leben. Die letzten Worte der Zauberkundigen hallen in mir nach: »Vergessen Sie nicht, Jäger, nicht Sie ziehen am Abzug; der Schuss wird von einem anderen ausgelöst, der in diesem Moment Ihr Sein beherrscht.«

Für mich hat Apia Nwapa damit das einzige Mal etwas Wahres gesagt.

Am nächsten Morgen gehe ich Genito Mpepe besuchen. Am Eingang zum Grundstück klatsche ich in die Hände. Seine Frau Hanifa kommt an die Tür. Der Fährtenleser, sagt sie, habe einen Kater.

»Mein Mann ist ein Kwambalwa«, teilt sie mir mit. »Ich könnte auch sagen, dass er ein Säufer ist. Aber was dieser Mann ist, kann nur in meiner Sprache ausgedrückt werden: ein Kwambalwa.«

»Wie man sieht, liegen hier überall auf dem Grundstück große Flaschen herum …«

»Wundern Sie sich nicht, mein Herr. Ich fülle ihm die Flaschen ab, ich selbst gebe ihm zu trinken.«

Den Frauen in Kulumani ist ein Trinker lieber als ein Ehemann. Doch ihr bleibt nur die Wahl zwischen Speichel der Schlange und Mundgeruch des Teufels. Genitos Gewalttätigkeit in nüchternem Zustand ist letztlich schmerzhafter, als wenn er betrunken ist.

»Kommen Sie«, sagt sie und führt mich über schmale Pfade, »und sehen Sie selbst, wie dieser Mann noch schläft.«

Genito liegt zusammengerollt auf einer Matte neben dem Brunnen.

»Wie ein Tier«, bemerkt Hanifa. »Manchmal bete ich zu Gott, dass er nie mehr aufwacht«, gesteht sie.

Ich lache verlegen. Und schüttele den Kopf, wie um den Ernst ihrer Worte zu mildern. Doch meine Gastgeberin spricht weiter, nun noch verbitterter: »Wenn er nicht mehr aufwachte, brauchte ich ihn nicht umzubringen.«

»Was soll das, Hanifa?«

»Dieser Mann hat mir vier Töchter geschenkt, mir aber alle genommen.«

»Ich habe gehört, die Älteste sei von Löwen getötet worden.«

»Genito, der hat sie umgebracht.«

In der verhängnisvollen Nacht wollte Silência aus Kulumani weglaufen, auf der Flucht vor Genito Mpepes despotischem Regime.

»Kommen Sie mit, ich zeige Ihnen ihr Grab. Nur ein paar Schritte von hier.«

Wir gehen über ein offenes Gelände zu einem Dickicht in der Nähe. Das Grab ist mit einem Holzkreuz und einem großen Granitstein gekennzeichnet. Auf dem improvisierten Grabstein hat jemand Wildblumen abgelegt. Ein paar sind noch nicht verwelkt.

»Schöne Blumen. Bringen Ihre Leute die hierher?«

»Wir? Sie selbst bringen die Blumen.«

»Ich?«

»Jede Nacht kommen Sie her, knien nieder und sprechen zu der Toten.«

Während Hanifa mich zurück zu ihrem Haus führt, quält mich ein Gedanke. Wie kann sie auf die Idee gekommen sein, ich brächte Silência Blumen? Die Frau ist verrückt, denke ich.

Im Hof höre ich jemanden hinter der Schilfwand husten. Als ich nachsehen will, zieht Hanifa mich am Arm zurück und zwingt mich, auf dem einzig vorhandenen Stuhl Platz zu nehmen.

»Da ist niemand, nur Hunde. Die letzten, die die Löwen noch nicht gefressen haben.«

Hanifa holt einen Topf mit gekochten Süßkartoffeln aus der Küche und serviert sie auf einem Tonteller. Ich habe keinen Hunger, kann aber nicht ablehnen. Schweigend teilen wir das Essen.

»Ich spreche davon, Genito umzubringen, aber am liebsten würde ich ganz Kulumani beseitigen.«

»Warum dieser Hass, Hanifa?«

»Wir beide essen hier gemeinsam. In Kulumani ist das verboten. Ein Mann, der zusammen mit einer Frau isst? Nur, wenn der Mann verhext ist.«

»Wer weiß, vielleicht bin ich ja verhext?«

Plötzlich höre ich, wie Geschirr herunterfällt, das zum Trocknen auf dem Dach lag. Und ich sehe eine Frauengestalt weglaufen und sich hinter dem Haus verstecken.

»Wer ist das?«

»Niemand.«

»Aber ich habe sie gesehen, eine Frau, die sich versteckt hat.«

»Das habe ich doch gesagt: Eine Frau ist hier niemand.«

Sie steht auf und führt mich kurzerhand in den vorderen Garten. Damit sagt sie mir, dass die Besuchszeit gleich endet. Sie will mir ein paar Maniokwurzeln schenken. Ich lehne sie höflich ab. Bevor ich gehe, nimmt sie meine Hände und fragt: »Ich sehe so eine tiefe Traurigkeit in Ihnen. Was ist los?«

»Nichts. Gar nichts. Warum fragen Sie?«

»Warum vergeuden Sie Ihre Zeit damit, sich mit einer einsamen alten Schwarzen wie mir zu unterhalten?«

Ein Fluss ohne Meer

Weise ist das Glühwürmchen, denn es nutzt
die Dunkelheit zum Aufleuchten.

Sprichwort aus Kulumani

In der Nacht nach Arcanjos Ankunft habe ich geträumt, ich sei eine Henne, die in Genito Mpepes Hühnerstall dahinsiecht. Die anderen Hennen waren meine Schwestern. Wir lebten in dem ereignislosen Alltag aller Vögel, denen Fliegen nicht vergönnt ist. Doch war uns zu Ohren gekommen, dass in anderen Hühnerställen die Hennen sich in Aasgeier verwandelt hatten. Und wir beteten dafür, dass wir die gleiche Metamorphose erleben würden. Als Aasgeier würden wir in die Freiheit des Himmels aufsteigen und zu Flügen in atemberaubender Höhe. Doch das Wunder blieb aus.

Eines Tages erklärte Großvater Adjiru, während er uns mit Mais fütterte, es sei nicht der Maschendraht des Hühnerstalls, der uns von der Freiheit trenne. Das Geheimnis unserer Gefangenschaft sei etwas anderes und stecke tief in uns. Jeden Morgen komme Genito Mpepe und hypnotisiere uns. Es genüge ein Finger, der sich wie ein Pendel vor unserem Schnabel bewege, und schon versänken wir weltentrückt in Bewegungslosigkeit. Und wenn eine von uns zum Leben zu erwachen schien, schiebe unser Herr ihr den Kopf unter den Flügel, worauf sie wieder in Lethargie verfalle.

Dieser Traum wiederholte sich in allen folgenden Nächten. Als wollten die Träume mich vor etwas warnen. Was dieses Etwas war, das weiß ich jetzt: Angst. Und damit wird alles klar. Es war keine Unverfrorenheit, dass Arcanjo mich hat sitzen lassen. Die Erklärung für sein Verschwinden ist Angst. Er hatte die uralte Angst, dass unter der Oberfläche des Sees Ungeheuer lauern. Den Verdacht, dass sich unter dem Deckmantel meines sanften Äußeren die Bestie verbirgt, die ihn verschlingen wird. Das war es, was Arcanjo fürchtete.

Die Wahrheit ist, dass Arcanjo nicht dazu geschaffen ist, sein Dasein mit jemandem zu teilen. Die Größe des Jägers beruht in seiner Einsamkeit. Seine panische Angst, seine Feigheit haben keine Zeugen. Nur sein Opfer weiß von seinen Schwächen. Deshalb will der Jäger sich schnellstens von seiner Beute befreien.

Als Arcanjo mir vor sechzehn Jahren beim Tanzen auf dem Dorffest zusah, nagte in ihm schon die Ungewissheit. Der Jäger hatte Angst vor dem, was mein Körper sagte, Angst vor dem, was durch meinen Körper zu ihm sprach, während die Trommeln schlugen. Für ihn, der diese Sprache nicht kannte, konnten es nur geheime Kräfte sein. Dämonen sprechen so, ohne Wörter, sie drücken alles mit der Wollust des Körpers aus. Das war seine Angst. Aber es waren keine Dämonen, die meinen Körper zum Beben brachten. Es waren Götter, die in uns Frauen sprechen und lauschen. Arcanjo fürchtete dasselbe wie alle Männer. Dass die

Zeit zurückkehren könnte, in der wir Frauen einmal Gottheiten waren. Als er mich sanft wie eine Brise umschlang, suchte er Schutz und Segen dieser Gottheiten. Doch waren unsere Götter nicht dieselben. Seine schliefen in Büchern. Meine erwachten bei Musik. Das war es, was der Jäger nicht begriff. Ich tanzte nicht. Was ich tat, war etwas anderes. Ich löste mich von Zeit und Gewicht, so wie die Schlange ihre alte Haut abstreift.

Was mir jetzt in diesem Zwangsarrest widerfuhr, hatte ich schon einmal erlebt. Vor sechzehn Jahren, als Arcanjo Baleiro das Dorf verließ, legte ich mich auf die Veranda und sah die Tage vorüberziehen. Damals geschah mit mir dasselbe, was zu einem bestimmten Zeitpunkt mit Schmetterlingen geschieht. Ich zog mich in einen Kokon zurück, eingehüllt von der Zeit, in der Erwartung, dass ein anderes Geschöpf aus mir herauskommt. Alle, die mich so niedergeschlagen und mutlos unter dem Vordach unseres Hauses liegen sahen, glaubten, meine frühere Lähmung sei zurückgekehrt. Doch ich war nur äußerlich leer. Denn ich wusste, wenn auch nur flüchtig, dass Arcanjo Baleiros Liebe eine Frucht gezeugt hatte. Ich wartete ab, bis mein Bauch sich rundete, und genau an meinem siebzehnten Geburtstag stellte ich mich triumphierend vor meine Mutter: »Du hast gedacht, ich wäre keine Frau? Leg deine Hand hierher, fühl, was ich in mir trage.«

Ihr kraftlos in meiner Hand liegender Arm sackte herunter, bevor er meinen Bauch berührt hatte.

»Du hast es donnern hören und glaubst, es regnet schon, Mariamar? Bis dahin gibt es noch viele Knoten in der Leine der Zeit.«

»Ich verstehe nicht, Mutter.«

Das war gelogen. Ich wusste, worauf sie anspielte. Die Frauen in Kulumani machen für jeden Monat einer Schwangerschaft einen Knoten in eine Schnur, die von Generation zu Generation weitergegeben wird.

»Wir sind Frauen«, sagte sie. »Wir sind dazu bestimmt, Leiden zu überwinden.«

Danach kein Wort mehr, nur ein rätselhaftes Lächeln, das fast an Verachtung grenzte. Unausgesprochen rührte meine Mutter an eine alte Wunde. Ich war steril, meine Unfruchtbarkeit war nicht zu heilen.

»Sieh mich nicht so an, mein Kind. Du weißt, wessen Schuld es ist.«

Es gab keinen Zweifel. Wegen der Schläge, die ich von meinem Vater erhalten hatte, konnte ich nicht Mutter werden. Selbst der Sanitäter hatte die schlimmen Folgen der Fußtritte bestätigt.

»Es gibt Kinder, die wachsen in uns und sterben in uns«, sagte Hanifa, und damit war das Gespräch beendet.

Schicksalsträchtige Worte. Denn in derselben Nacht ging ein Albtraum aus dem Schlaf in die Wirklichkeit über. Eine fleischfressende Bestie verschlang in mir mein Kind. Mein Mischlingsbaby, mein unreines Kind, Sohn der Landstraße, verlosch wie ein Traum in der Dunkelheit. Ich schreckte aus dem Schlaf auf nassem Laken hoch; Blut suchte mich heim, färbte meine Schenkel rot. Ich schrie, verfluchte meine Mutter, rief, die Geburt habe eingesetzt. Das Blut auf dem Bett war selbst ein Lebewesen, ein lebendiges Gerinnsel, ein Mensch-Blut.

»Das hier ist mein Kind, das ist dein Enkel«, schrie ich in der Tür zu Hanifa Assuluas Zimmer, während von meinen ausgebreiteten Händen etwas dickflüssig Rotes tropfte.

Heute weiß ich, die Geschichte meiner Kindheit ist nur eine halbe Wahrheit. Um eine halbe Wahrheit zu widerlegen, braucht man weit mehr als die ganze Wahrheit. Diese ganze große Wahrheit, so groß, dass ich sie nicht fassen konnte, war nur eine einzige. Es waren nicht die körperlichen Züchtigungen, die mich unfruchtbar gemacht hatten. Das war die von meiner Mutter erfundene versüßte Version. Tatsächlich gab es ein anderes Verbrechen. Jahrelang hatte mein Vater Genito Mpepe seine Töchter missbraucht. Zuerst Silência. Meine Schwester litt stumm, sprach nicht über das schreckliche Geheimnis. Als meine Brüste zu wachsen begannen, wurde ich sein Opfer. Am Tagesende wurde er mithilfe von Lipa, dem Palmschnaps, ein anderer. Dann, ordentlich angetrunken, kam er in unser Zimmer, und der Albtraum begann. Das Unglaubliche daran ist, dass ich während der Vergewaltigung innerlich ins Exil ging, ich konnte nicht diejenige sein, die da unter dem schwitzenden Körper meines Vaters lag. Ein merkwürdiger Vorgang ließ mich im nächsten Augenblick vergessen, was ich gerade erlitten hatte. Diese plötzliche Amnesie erfüllte einen Zweck: zu verhindern, dass ich zur Waise wurde. Letztlich fand das alles statt, ohne tatsächlich zu geschehen. Genito Mpepe flüchtete in eine andere Existenz, und ich verwandelte mich in ein anderes, nicht existierendes, unerreichbares Wesen.

Meine Mutter Haifa Assulua gab immer vor, nichts zu wissen. Die Nachbarn hätten sich das ausgedacht, es seien Wahnvorstellungen von Leuten, die ihre eigenen Makel verbergen wollten. Als sie die Augen nicht mehr vor dem Offensichtlichen verschließen konnte, rief sie mich zu sich und fragte mit zitternder Stimme: »Stimmt es?«

Ich antwortete nicht, den Blick starr nach unten gerichtet. Mein Schweigen war für sie die Bestätigung.

»Verfluchtes Luder!«

Ohne jede Reaktion ließ ich geschehen, dass sie sich auf mich stürzte, mich mit Hieben und Fußtritten malträtierte und mich in ihrer Muttersprache beleidigte. Was sie spuckend und geifernd sagte, hieß, ich sei schuld. Ich ganz allein. Silência habe sie ja schon gewarnt, dass ich ihren Mann provozierte. Sie sprach von Genito nicht als von »meinem Vater«. Jetzt war er »ihr Mann«.

»Verlass dieses Haus. Ich will dich nie mehr hier sehen.«

Es kam nicht so weit, dass ich das Haus verließ. Im Gegenteil, ich verkroch mich hinter Wänden, nie hat ein Mensch sich so sehr in einem Haus eingeschlossen. Hanifa Assulua holte einen Zauberkundigen, und dieser Uwavi gab mir einen bitteren Trank. Einen ganzen Tag lang nahm ich ihn aus einem kleinen Tonkrug zu mir. Am nächsten Tag hatte das Gift seine Wirkung getan. Ich war zu einem seelenlosen Körper geworden. Statt Blut floss nur noch eine giftige Brühe in meinen Adern.

Meine Mutter rächte sich: Zuvor hatte sie meine Krankheit auf den Baum in unserem Hof übertragen. Nun praktizierte sie das Takatuka umgekehrt. Sie übertrug mein Leben auf den toten Baum. Im Handumdrehen erwachte der Tamarindenbaum stolz und grün zu neuem Leben. Ich hingegen verwandelte mich in ein lebloses Geschöpf. Ein einziger Sinn blieb mir: das Gehör. Ansonsten umgab mich uraltes, angeborenes Dunkel.

Hanifa Assulua wollte mehr als mich nur körperlich vernichten. Mein Tod reichte ihr nicht. Sie musste meine Geburt ungeschehen machen. Die Toten sind nicht abwesend, sie bleiben lebendig, sprechen in unseren Träumen zu uns, sie belasten unser Gewissen. Mir war als Strafe die vollständige, absolute Verbannung bestimmt. Nicht aus Kulumani, sondern aus meinem Verstand und aus der Sprache. Ich wurde zur Verrückten erklärt. Verrücktsein ist die einzige vollkommene Abwesenheit. Mit meinem Wahnsinn war ich sichtbar, aber unzugänglich; krank, doch ohne Wunden; verletzt, doch ohne Schmerz.

Großvater Adjiru wollte mich retten und versuchte es mit seinen eigenen Mitteln. Es nützte nichts. Sie holten Pater Amoroso. Dieses Mal jedoch brachte der portugiesische Priester kein Wunder zustande.

»Bringt sie sofort ins Krankenhaus«, war das Einzige, was er sagte. Sie brachten mich nach Palma, und der Sanitäter diagnostizierte, ohne mit der Wimper zu zucken: Für solche Sachen gibt es keine Ursachen.

»Mit etwas Glück kann sie irgendwann wieder gehen.«

Ich blieb eine Weile auf der Krankenstation, ohne jede Spur von Besserung. Die Medizin gab mich auf, doch war dies kein Grund, mich nach Kulumani zurückzuholen. Ich blieb im Krankenhaus von Palma, noch lebloser und noch einsamer. Erst später begriff ich, warum man meine Rückkehr nach Kulumani hinausgezögert hatte. Großvater Adjiru lag in diesen Tagen im Sterben. Ich sollte nicht dabei sein. Nicht, um mir den Abschied zu ersparen. Sondern damit dieser Abschied ein Leben lang dauerte.

Am ersten Jahrestag seines Todes brachten sie mich zum Grab meines Großvaters. Der Verstorbene hatte den ausdrücklichen Wunsch geäußert, ich solle an der Zeremonie teilnehmen. Ich war wieder zu Hause, aber mein Zustand hatte sich nicht verändert. Niemand wollte mich so auf der Landstraße transportieren. Ich könnte ja das Fahrzeug infizieren. Also entschied man, mich in einem Boot flussabwärts zu dem heiligen Wald zu bringen, wo Adjiru und Urgroßvater Maurimi ruhten.

Auf den Armen trugen sie mich und setzten mich auf dem Bootsdeck ab. In diesem Augenblick rutschte ich weg und fiel hilflos ins Wasser des Rio Lideia. Man sagt, ich sei im tiefen Flussbett verschwunden und endlos lange unter Wasser geblieben. Als sie mich schließlich herausholten, hatte ich den faszinierten Blick eines Neugeborenen. Nach und nach fand ich in die Welt zurück. Torkelnd ging ich ein paar Schritte hin und her, schüttelte die Schultern, als wollte ich mich von einer unsichtbaren Last befreien. Es gab keinen Zweifel, wie die Stimmen der Verwandten im Chor bezeugten: »Mariamar ist zurück! Mariamar ist zurück!«

Staunend richteten alle den Blick auf mich. Ich war der Mittelpunkt der Welt. Stille trat ein, die Familie wartete gespannt darauf, was als Nächstes geschehen würde.

»Wo sind meine Schwestern?«, waren meine ersten Worte.

Sie ließen Silência, meine ältere Schwester, vortreten und die kleinen Zwillinge Uminha und Igualita. Ich küsste Silência schweigend und kniete mich hin, um die Kleinen anzusehen. Es waren nur ein paar Monate vergangen. Doch die Mädchen waren auf traurige Weise alt geworden. Ich habe mich immer gefragt, ob es in Kulumani Kinder gibt. Kann man jemanden Kind nennen, der auf dem Acker arbeitet, Holz hackt, Wasser schleppt und am Ende des Tages keinen Sinn mehr fürs Spielen hat?

Plötzlich brach mein Vater das Schweigen, machte den Umarmungen ein Ende und verkündete: »Wir fahren ans Meer.«

»Ans Meer?«, wunderte sich unsere Mutter.

»Ja, die ganze Familie«, antwortete Genito Mpepe entschieden. »Das habe ich Großvater versprochen.«

Aber es war nicht zum Meer, wohin ich gebracht werden wollte. Ich wünschte mir einzig, auf den Arm meiner Mutter zurückzukehren, damit sie mich wiegen und ich wieder ein kleines Mädchen sein konnte. Das war das einzige Meer, das ich mir wünschte. Nun verstand ich, warum Pater Amoroso so viel von der Sintflut sprach. Das war es, wonach ich mich sehnte, eine Überschwemmung, die diese ganze Welt hinwegspülen würde. Diese Welt, die eine Frau wie Hanifa dazu zwang, Kinder zu bekommen, sie aber nicht Mutter sein ließ; die sie zwang, einen Mann zu haben, ihr aber nicht gestattete, die Liebe kennenzulernen.

Die ganze Familie war überwältigt vom Anblick des weiten Ozeans, seiner lebendigen Unendlichkeit, seinem grenzenlosen Horizont, der seinen Ursprung gleichsam in uns hatte. Meinen Schwestern, starr vor Staunen, verschlug es angesichts der unermesslichen Weite die Sprache. Ich ging als Einzige hinunter zur Brandung. Nicht die Grenzenlosigkeit faszinierte mich. Ich war entzückt von der Gischt, von den Gischtflocken, die sich von den Wellenkämmen lösten. Wie weiße Vögel ohne Körper und Flügel stiegen die Gischtfetzen zu blindem Flug auf, ehe sie in der Luft zerstoben. Unzählige Male formten meine Lippen das Wort Espuma, Gischt. Sollte ich eines Tages eine Tochter bekommen, wollte ich sie so nennen: Espuma.

Der Name, den ich für dieses unwahrscheinliche Kind gewählt habe, ist letztlich ganz richtig. Denn meine Nachkommenschaft wird aus ebendieser Ma-

terie bestehen, die sich von den Wellen löst und um-
herwirbelt, bis sie nicht mehr vorhanden ist. Ich
werde niemals Kinder haben, ich werde niemals jemandem einen Namen geben können.

Und dennoch überkommen mich bei jedem Neu-
mond Krämpfe, und in der Einsamkeit meines Bet-
tes gebäre ich. Dutzende Kinder, ich habe inzwischen
Dutzende Kinder, keine Frau hat jemals so oft geboren. Unzählige Babys sind zur Welt gekommen,
und alle sind im nächsten Augenblick erloschen,
wie Sternschnuppen, die über den Himmel ziehen.
Meine unmöglichen Kinder sind verschwunden, aber
die wahren Schmerzen dieser imaginären Geburten
werden mich ein Leben lang verfolgen.

Meine Mutter Hanifa Assulua, die sich mit Leiden auskennt, hat mir vorhergesagt: Die Schmerzen
vergehen, aber sie sind nicht verschwunden. Sie wandern in unserem Innern, nisten sich irgendwo in uns
ein, in der Tiefe eines Sees.

Das Wiedersehen

Glücklich bin ich nur, bevor ich lebe. Ich kann mich lediglich im Traum erinnern. Deshalb schreibe ich.

Den Aufzeichnungen des Schriftstellers
heimlich entnommen

Tandi wird am frühen Morgen beerdigt. Es sind nicht viele Menschen da. Hauptsächlich Frauen. Der Verwalter erscheint, begleitet von seiner Frau. Schließlich war die Tote ihr Hausmädchen. Ein Fernbleiben des Chefs hätte im Dorf Verdacht erregt. Im Gegensatz zu ihrem Mann ist Naftalinda erschüttert. Irgendwann möchte sie etwas sagen. Doch sie weint so sehr, dass sie nicht sprechen kann. Dann fasst sie sich, trocknet ihre Tränen und nimmt allmählich eine majestätische Haltung an: »Die Löwen belagern das Dorf, und die Männer schicken weiterhin die Frauen auf die Felder, sie schicken weiterhin ihre Töchter und Ehefrauen frühmorgens zum Holzsammeln und Wasserholen. Wann werden wir Nein sagen? Wenn keine von uns mehr da ist?«

Sie hat gehofft, die anderen Frauen würden sich ihrer Aufforderung zur Revolte anschließen. Doch sie zucken die Achseln und gehen eine nach der anderen fort. Die First Lady verlässt die Feier als Letzte. Tief in ihrem Innern fühlt sie sich wahrscheinlich wie die Allerletzte. So wie ich mich als der letzte Jäger fühle.

Nach der Trauerfeier kommt Florindo zu mir und teilt mit, dass die Gewehre am nächsten Tag eintreffen werden.

»Sie bekommen Verstärkung.«

»Die brauche ich nicht. Ich brauche nur mich. Setzen Sie die Waffen für etwas anderes ein. Zur Bekämpfung von Wilderern zum Beispiel.«

»Maliqueto und Genito bekommen Waffen und werden Ihrem Kommando unterstellt.«

»Ich werde niemanden kommandieren. Wenn Sie ein anderes Team aufstellen wollen, meinetwegen. Doch was ich zu machen habe, mache ich allein.«

Die Diskussion wird gereizter. Die Anwesenden ziehen sich missbilligend zurück. Dies ist weder der passende Ort noch der passende Zeitpunkt. Doch der Verwalter ist zu erregt: »Wissen Sie, was ich politisch riskiere? Ich habe meine ganze Hoffnung auf Beförderung auf diese Jagd gesetzt. Soll ich mich etwa auf die anderen Methoden einlassen?«

Der Schriftsteller schiebt uns hinaus, weg von der Kirche. Dann nimmt er das Gespräch wieder auf: »Ich verstehe nicht, verehrter Makwala. Was meinen Sie mit ›anderen Methoden‹?«

»Ehrlich gesagt«, antwortet der Verwalter, »kommen mir allmählich Zweifel, ob diese Löwen echt sind. Denn sie dringen sogar tagsüber ins Dorf ein, und das mit fast menschlichen Absichten.«

Der Schriftsteller lacht, aber Florindo gibt sich nicht geschlagen. Diese Löwen suchen nach jemandem, sie schnüffeln an den Türen herum, sie morden auf Bestellung. Das können nur künstliche Löwen sein, was sonst könnte der Grund dafür sein, dass sie das vergiftete Fleisch nicht fressen, das man ihnen schon früher als Köder ausgelegt hatte? Und warum zerreißen sie die Wäsche, die noch auf der Leine hängt?

»Sie können sicher sein, so verhält sich kein richtiger Löwe«, sagt der Verwalter zum Abschluss mit Nachdruck.

Zurück in unserem Quartier, bereite ich das Mittagessen. Der Schriftsteller sitzt im Wohnzimmer und arbeitet. Ich merke, dass er weiterhin in meinen chaotischen Papieren schnüffelt. Inzwischen ist mir das egal. Auch ich lese seine Aufzeichnungen und klaue ihm sogar manche Sätze. Dafür finde ich allmählich Gefallen am Schreiben. Irgendetwas am Schreiben macht mir ähnliche Freude wie die Jagd. Das leere Blatt Papier birgt unzählige Aufregungen und Überraschungen.

Ich serviere Gustavo das Essen und fülle sein Glas. Dem Schriftsteller wird es etwas unbehaglich, so bedient zu werden. Während der Mahlzeit sprechen wir beide kein Wort. Danach gehe ich ins Schlafzimmer, komme mit einem Gewehr zurück und werfe es ihm in die Arme.

»Was soll das, Arcanjo?«

»Das ist für Sie. Das Gewehr ist nur für Sie.«

»Ich bitte Sie, Arcanjo, warum zum Teufel sollte ich so eine verdammte Waffe haben wollen?«

Ich hebe die flache Hand zum Zeichen, er möge mir zuhören, ohne mich zu unterbrechen.

»Erinnern Sie sich, was an dem Abend passiert ist, als Hanifa uns gerufen hat? Erinnern Sie sich, wie ich gezögert habe abzudrücken?«

Übervorsichtig legt der Schriftsteller das Gewehr auf den Fußboden, als handelte es sich um Sprengstoff. Ich warte, bis er fertig ist, dann spreche ich weiter: »Vor ein paar Tagen wollten Sie wissen, mit welcher Hand ich schieße. Meine Antwort: weder mit rechts noch mit links. Ich schieße nicht mehr.«

»Ich verstehe nicht.«

»Meine Finger gehorchen mir nicht mehr, meine Finger sind abgestorben. Die Wahrheit ist, ich kann nicht mehr jagen.«

Ich hebe die Arme ganz hoch und zeige meine wie alte Haken gekrümmten Finger. Der Schriftsteller weiß nicht, was er sagen soll. Ich wirke so aufrichtig, so erledigt, dass es ihm schwerfällt, das Bild, das er sich von mir gemacht hat, zerbröckeln zu sehen.

»Ich habe keine Hände mehr«, sage ich niedergeschlagen.

Ich betrachte meine Hände, als hätte ich sie noch nie gesehen, als wären sie mir vollkommen fremd. Genau so, wie mein Bruder Rolando im Krankenhaus seinen nutzlosen Körper betrachtet.

»Sagen Sie es nicht weiter«, bitte ich flüsternd.

»Niemand wird es erfahren«, beruhigt mich Gustavo. Dann fragt er: »Entschuldigen Sie, aber wäre es nicht besser, wenn Sie das Angebot des Verwalters akzeptierten und mit Unterstützung durch Genito und Maliqueto auf die Jagd gingen?«

»Niemals.«

»Ich verstehe das nicht. Wer soll denn dann die Löwen erschießen?«

»Sie.«

»Wie bitte?«

»Sie werden sie erschießen.«

»Sie sind verrückt!«

»Keine Sorge, ich leite Sie an. Sie müssen nur im richtigen Moment abdrücken.«

Ich hatte erwartet, der Mann würde heftiger reagieren, es rundweg ablehnen. Doch Gustavo Regalo scheint zu überlegen. Vielleicht lässt der Schriftsteller nun ein verdrängtes Verlangen zu. Er hebt die Waffe wieder auf, wiegt sie in der Hand und richtet sie auf ein imaginäres Ziel.

»Meinen Sie, ich würde den Löwen treffen?«

Im Gemüt des Schriftstellers flammt ein neues Gefühl auf. Es ist eine fast jungenhafte Begeisterung. Und ich denke: Alles, was wir im Lauf der Jahrhunderte so sorgfältig aufgebaut haben, um uns von unserer animalischen Natur zu entfernen, alles, was die Sprache mit Metaphern und Euphemismen zugedeckt hat (Schoß, Gesicht, Taille), kann im Bruchteil eines Augenblicks in seine nackte, ungeschönte Substanz zurückverwandelt werden: Fleisch, Blut, Knochen. Der Löwe frisst nicht nur Menschen. Er verschlingt auch unser Menschsein.

»Und wenn ich danebenschieße?«, fragt Gustavo.

»Machen Sie sich keine Sorgen, Herr Schriftsteller. Ich gebe Ihnen das Gewehr nicht in erster Linie, um den Löwen zu töten. Es geht mehr darum, mich zu beschützen.«

Ich hoffe, dass der Schriftsteller mich beschützt. Allem Anschein nach hat er schon die Initiative ergriffen, jemanden zu verteidigen. Er hat einen Bericht an die Zentralregierung geschickt, in dem er Florindos Untätigkeit in Zusammenhang mit Tandis Vergewaltigung angeprangert hat.

»Haben Sie mit Naftalinda gesprochen?«, frage ich.

»Sie selbst hat mich gebeten, dieses Verbrechen anzuzeigen. Und Hanifa, die Haushaltshilfe, hat mich auch angesprochen. Sie hat erklärt, ihr Mann Genito Mpepe habe die Vergewaltigerbande angeführt.«

»Sie glauben, was Hanifa sagt, nach der Geschichte neulich abends?«

»Genito Mpepe hat selbst zugegeben, dass er auf dem Mvera war und die Wüstlinge angeführt hat.«

Mein Traum von den Löwen in der Kirche fällt mir wieder ein. Und ich denke an die merkwürdige Prophezeiung von Pater Amoroso: »Du bist nicht hergekommen, um einen Löwen zu jagen. Du bist gekommen, um einen Menschen zu töten!«

Tandis Beerdigung, so schlicht und mit so wenigen Teilnehmern, hat mich mehr mitgenommen, als ich erwartet habe. Bei den Trauerfeiern für meine Mutter und meinen Vater durfte ich nicht dabei sein. Ich hatte nicht das passende Alter. Ich weiß nicht, ob es ein passendes Alter für die Begegnung mit dem Tod gibt. Tandis Tod hat mich so getroffen, als hätte man mir etwas entrissen. Ich habe einen Knochen dieser Frau in Händen gehalten. Wie kann ich schlafen, ohne dass mich Gespenster heimsuchen?

Die Zimmerdecke sinkt langsam auf mich herab, und ich gleite in eine ungewöhnlich sanfte Schläfrigkeit. In diesem Grenzzustand zwischen Wachsein und Schlaf sehe ich meine Schwägerin, sie bewegt sich sacht wie ein Schatten. Ich träume, und ich will meinen Traum nicht verlassen. Luzilia taucht aus dem Dunst auf, Luzilia schlängelt sich durch das Haus, Luzilia gleitet in meinen Schlafraum. Schön, duftend, verheißungsvoll. Sie umklammert das Gewehr und beginnt damit zu tanzen. Sie liebkost das Gewehr, als flößte ihr die Waffe Leben ein. Ich sitze regungslos da und beobachte ihre geschmeidigen Andeutungen. Sie reibt sich mit dem Gewehrlauf über das Gesicht, während sie mich ansieht und meinen Blick taxiert.

»Vorsicht, es ist geladen!«, warne ich sie.

»Ich weiß, gerade deshalb tanze ich damit.«

»Alle Tänze, ohne Ausnahme, sind so, gefährlich, fast lebensgefährlich«, fügt sie noch hinzu. »Wir fangen in den Armen des Lebens an, und am Ende tanzen wir mit dem Tod.«

Ihre Lippen küssen den Abzug, dann lutschen sie lüstern am Gewehrlauf. Ihr Blick ist die ganze Zeit fest auf mich gerichtet. Doch ich bleibe kühl und distanziert. Wie man weiß, gibt es eine Zeit zum Lieben und eine Zeit zum Jagen. Das wird nie vermischt. Wenn ich jetzt nachgäbe, würde ich eine uralte Tradition verraten: Wer auf die Jagd geht, darf keinen Sex haben.

»Siehst du es nicht, Arcanjo? Ich bin die lahme Schlange …«

Da verstehe ich. Die Frau hat sich meiner Seele bemächtigen wollen. Zu meinem Staunen beginnt Luzilia sich zu entkleiden, ihr Körper entblößt sich wollüstig Schritt um Schritt. Das Licht, das auf sie fällt, verleiht ihr eine mondbeschienene Unwirklichkeit. Sie nähert sich, wendet mir den Rücken zu, lehnt sich an mich und drückt ihre Körperrundungen auf mich. Das Eis in meiner Brust ist zum Sieden gebracht. Ich richte mich auf, erregt bis ins Mark, unfähig zu sprechen, helllicht lodernd.

»Willst du nichts sagen, mein lieber Arcanjo?«, fragt sie.

Was sie will, ist zu viel verlangt. Die Versuchung hat mich in ihrem Bann. Wenn ich sprechen will, versagt meine Kehle, wenn ich sie berühren will, versagen meine Finger. So wie beim Jagen bin ich auch bei der Liebe nicht mehr Herr meines Körpers. Ich bringe nichts als einen unartikulierten Hauch heraus: »Sagen, ich?«

Plötzlich fordert sie mich heraus. Ihr Mund, ihre Zähne, ihre Zunge, alles tut sich zusammen, um mir die Seele zu rauben. Und ich sterbe fast endgültig, versinke in den Abgrund des Schlafs.

Ich schrecke aus dem Schlaf hoch und gehe in den Flur, als draußen die ersten Schimmer Helligkeit den neuen Tag ankündigen. Der Schriftsteller kommt mir entgegen und platzt heraus: »Hier ist eben eine Frau hinausgegangen.«

»Eine Frau? Welche Frau?«

»Keine Ahnung, ich kenne sie nicht. Sie ist aus

Maputo gekommen und sucht Sie. Sie sagt, sie heißt
Luzilia.«

»Luzilia?«

Äußerlich ungerührt, innerlich ein Vulkan, ich bin
überrumpelt wie ein Tier, das in eine Falle geraten ist.
Scheinbar reglos, doch innerlich vorwärtsstürmend,
wie ein Jugendlicher der Versuchung erliegend. Und
ich kann schon Luzilias Körper an meinem Körper
spüren, bin schon trunken von Stöhnen und Seufzen.
Es ist nicht nur die Erfüllung eines Traums, wonach
ich mich gesehnt habe, sondern das Verheilen der
durch ihre Ablehnung verursachten Wunde.

Eine Stunde später kommt Luzilia zurück. Sie begrüßt mich mit einem Kuss auf die Wange, streift
fast meine Lippen. Sie streicht sich über die Haut,
wo mein unrasiertes Kinn sie gekratzt hat. Ich spüre
ihre Brüste an meiner Brust, so verharren wir eine
Weile.

»Ich wusste, dass du kommen würdest.«

»Du lügst. Ich wusste es ja selbst nicht.«

»Und wie geht es meinem Bruder?«

»Seinetwegen bin ich hier. Dein Bruder … ich
weiß nicht, wie ich es sagen soll …«

»Ist er gestorben?«

»Nein, noch nicht.«

»Noch nicht?«

»Rolando möchte, dass du schnellstmöglich nach
Maputo zurückkommst. Es gibt Dinge, die er dir erzählen möchte, bevor er stirbt.«

»Ich brauche noch einen Tag. Dann kehren wir gemeinsam zurück.«

»Gut, ich fahre jetzt nach Palma, da bin ich in einer Pension. Komm morgen dahin.«

»Warte, Luzilia. Ich möchte dir den Fluss zeigen. Danach bringe ich dich im Auto nach Palma.«

Von dort, wo sich das Ufer des Lideia am höchsten erhebt, betrachten wir vollkommen schweigend das Tal. Erst als wir uns auf die Granitfelsen gesetzt haben, beginnt Luzilia zu sprechen.

»Es gibt Dinge, die ich dir sagen muss. Als Erstes geht es um deine Mutter, um ihren Tod.«

»Ich weiß, was geschehen ist. Sie war krank.«

»Deine Mutter ist an Kusungabanga gestorben.«

»Ist das eine Krankheit?«

»Sozusagen, ja. Eine Krankheit, die alle anderen umbringt, die nicht krank sind.«

Im ersten Moment habe ich nicht verstanden. Aber dann erklärt Luzilia: In der Sprache der Provinz Manica bedeutet Kusungabanga »mit dem Messer verschließen«. Bevor die Männer ins Ausland gehen, um da zu arbeiten, nähen manche ihren Frauen die Vagina mit Nadel und Garn zu. Viele Frauen werden dabei infiziert. Im Fall von Martina Baleiro war es eine tödliche Infektion.

»Rolando wusste das. Deshalb hat er seinen Vater umgebracht. Es war kein Unfall. Er hat den Tod seiner Mutter gerächt.«

Zorn überflutet meine Brust. Mein Bruder hat meinen Vater getötet! Und ich wiederhole für mich »meinen Vater«, als wäre er mehr meiner als Rolandos.

Meine Anklage weicht nach und nach einem anderen, einem Neid ähnlichem Gefühl.

»Sag mal, Luzilia: Kann mein Bruder schlafen?«

Ja, Rolando könne schlafen, bestätigt seine Frau. Wie kann ich dem gegenüber gleichgültig bleiben? Mein Bruder hat es geschafft, vollkommen in das Exil zu gehen, das ich mir immer gewünscht habe. Ich habe Rolando um seinen Wahnsinn und seinen Schlaf beneidet. Ich habe ihn um seine Frau beneidet, um die ihm entgegengebrachte Liebe, die ich nie erlebt habe.

Ich gehe ein paar Schritte weg von Luzilia, näher an den Steilhang, um einen besseren Blick über das Tal zu haben. Seit meiner Ankunft in Kulumani ist das Wasser im Fluss angestiegen. In den fernen Bergen, wo er entspringt, regnet es wohl schon. Der Fluss kennt keinen Schlaf. Darin ist er mir ähnlich.

»Hier, an diesem Fluss, habe ich einmal mit einem Mädchen geflirtet.«

Ich setze die verblasste Erinnerung wie eine Stichwaffe ein, beflügelt von dem sinnlosen Wunsch, Luzilia zu verletzen. Und ich spreche weiter: »Es waren zwei Schwestern, ja, an ihre Namen oder Gesichter kann ich mich nicht erinnern. Die eine habe ich sogar geküsst. Aber ich kann mich an keine von beiden erinnern. Vielleicht, wenn ich sie wiedersehe …«

»Männer, diese Männer! Eine Frau würde so etwas nie vergessen. Ich wette, die beiden erinnern sich noch an dich.«

»Ich muss gestehen, dass ich damals viel getrunken habe, sogar den Schnaps, den sie hier brennen.«

»Und was hast du damals hier am Ende der Welt gemacht?«

»Ich sollte ein gefährliches Krokodil schießen.«

»Und, hast du es geschafft?«

»Zweifelst du an meinen Fähigkeiten als Jäger?«

»Du hast nicht alle erbeutet, die du gejagt hast.«

Ich tue so, als hätte ich es nicht gehört. Ich ahme das Beispiel der Raubkatzen nach, die ganz unbeteiligt tun, bevor sie sich auf ihre Beute stürzen. Ich kann mich Luzilia gegenüber nur noch als Jäger verhalten.

»Eins verstehe ich nicht. Bist du sicher, dass du genau verstehst, was Rolando mit seinem Gebrabbel sagt?«

Plötzlich wird mir klar, dass ich fast so misstrauisch bin wie mein Vater im Hinblick auf die Briefe meiner Mutter. Mein Gott, wie ähnlich bin ich Henrique Baleiro! Meine Gedanken sind weit weg von Luzilia, als sie antwortet: »Vergiss nicht, dass ich Krankenschwester bin. Und außerdem pflege ich ihn schon seit so langer Zeit! Ich verstehe deinen Bruder so, wie andere Leute in der Hand lesen.«

Und ich solle nicht vergessen, dass Rolando sich schriftlich äußern könne. Das war immer seine Waffe, sein Zufluchtsort. Luzilia zieht zwei Blatt Papier aus ihrer Hosentasche. Sie wählt das stärker zerknitterte Blatt und reicht es mir. Es ist ein Brief von Rolando, ich erkenne seine Schrift, die Schrift des ewig braven Jungen. Ich mag nicht laut lesen. Dann komme ich mir schwach, lächerlich, bloßgestellt vor. Deshalb lese ich halblaut.

Mein lieber Bruder! Ich kann mir vorstellen, dass mein Zustand Dir wehtut. Ich möchte Dir sagen, dass ich nicht leide. Im Gegenteil, ich bin glücklich, weil ich nie wieder ein Baleiro sein kann. Ich habe meinen ererbten Namen genauso freudig abgelegt, wie manche Witwen die Kleider ihres Ehemanns verbrennen, der sie tyrannisiert hat. Seit dem Schuss habe ich keine Angst mehr, fürchte ich mich nicht mehr vor dem, der ich war. Auf mich wartet keine andere Tat mehr. Ich bin leer, so leer, wie es nur ein Heiliger sein kann. Weißt Du noch, wie unsere Mutter uns genannt hat? Meine Engel, das sagte sie zu uns. Hier in diesem Heim, wo ich jetzt bin, braucht man keine Dämonen und keine Engel. Wir genügen uns selbst. Ja, ich habe unseren Vater getötet. Ich habe ihn getötet, und ich werde ihn immer wieder töten, wenn er erneut geboren wird. Ich gehorche Befehlen. Diese Befehle wurden mir ohne Worte erteilt. Der traurige Blick unserer Mutter genügte. Bedauere mich nicht, mein Bruder. Anfangs war der Wahnsinn mein Alibi. Dann wurde er zu meiner Absolution. Unsere Mutter hat uns immer gewarnt: Eine Kugel tötet in beide Richtungen. Als ich den alten Baleiro erschoss, habe ich mich selbst umgebracht. Nach dem Tod unserer Mutter hast Du einmal gesagt: Könnte ich doch sterben. Und ich sage Dir jetzt: Nicht der Tod sorgt für Abwesenheit. Der Tote bleibt anwesend, die ganze Vergangenheit gehört ihm. Die einzige Möglichkeit, nicht mehr da zu sein, ist der Wahnsinn. Nur der Wahnsinnige wird abwesend.

Diese Zeilen bestätigen mir meinen alten Verdacht. Mein Bruder hat den Verrückten gespielt. Der einzig wirklich Kranke bin ich mit meinen nächtlichen Qualen, den grausamen Erinnerungen an eine nicht gelebte Vergangenheit.

»Darf ich etwas anderes fragen? Habt ihr, du und mein Bruder, euch jemals geliebt?«

Luzilia antwortet nicht. Sie lächelt nur traurig. Dann faltet sie langsam das zweite Blatt auseinander und schwenkt es vor mir.

»Erkennst du das?«

Es ist mein Brief, das unselige Schreiben, in dem ich ihr vor Jahren meine Liebe gestanden habe. Wortlos nähert Luzilia sich, ihr trauriges Lächeln bekommt nun rätselhafte Züge. Sie küsst mich.

»Lass uns nach Kulumani gehen, in dein Zimmer.«

»Das geht nicht. Der Schriftsteller wohnt auch da.«

»Dann lass uns nach Palma fahren, da sind wir ungestört.«

Wir steigen ins Auto. Ihre Hand hält mich davon ab, den Motor anzulassen. Und sie flüstert mir ins Ohr: »Du hattest recht, dies ist deine letzte Jagd. Denn ich komme dich holen.«

Wir fahren schweigend los, Luzilias Hand liegt weiter auf meinem Arm.

»Diese Nacht ...«, sie macht eine Pause, sucht nach Worten.

»Ja?«

»Diese Nacht macht mir Angst vor mir selbst.«

Ich blicke auf die Sandpiste vor uns, reicher an Kurven als an Kilometern, und denke: Leben heißt darauf warten, was es für uns bereithält.

Der Hinterhalt

Hüte dich vor den Löwen. Aber hüte dich noch mehr vor der Ziege, die in der Höhle des Löwen lebt.

Afrikanisches Sprichwort

Seit der Ankunft des Jägers sind die Tage schwer, aber leer wie die Wolken im Winter vergangen. Während dieser ganzen Zeit bin ich im Haus geblieben, eine Gefangene im eigenen Haus, und habe die missglückten Vorbereitungen für die Jagdexpedition beobachtet. Ich habe die Schritte meines Vaters gehört, sie hallten durch die frühen Morgenstunden, und beim Geräusch des Jeeps trieb es mich ans Fenster, um heimlich einen Blick auf Arcanjo Baleiro zu werfen.

Doch allmählich ließ das Interesse an meinem Geliebten nach. Warum schickte er mir kein Zeichen, dass er mich wiedersehen möchte? Darauf gab es nur eine Antwort: Ich war für ihn gestorben. Es hatte keinen Zweck, mir noch länger Illusionen zu machen. Diese tiefe Enttäuschung hat mich aufgeben lassen. Ich wollte nicht mehr von zu Hause weglaufen, ich brauchte kein Wiedersehen mit dem Jäger. Fluss, Reise und Traum bedeuteten mir nichts mehr.

Nicht nur ich war von Arcanjo Baleiro enttäuscht. Ungeduldig begannen die Dorfältesten, sich in der Shitala zu versammeln, in Kulumani herrschte Ver-

schwörungsstimmung. Der Verwalter Florindo Makwala wurde nun bei den Versammlungen der Dorfältesten gesehen. Das hatte es im Dorf noch nicht
gegeben. Makwala hatte sich immer gegen diese Welt
abgegrenzt, die er als »traditionell« bezeichnete, er
hatte immer Distanz zum Kosmos des Unsichtbaren
gewahrt. Deshalb reagierten die Leute verwundert
auf diese plötzliche Nähe.

An diesem Nachmittag geschieht Unerwartetes. Der
Verwalter Florindo Makwala kommt zu uns. Es ist
nicht üblich, dass die Amtspersonen ihre Residenz
verlassen, um über Verwaltungsangelegenheiten zu
sprechen. In diesem Fall jedoch kommt Makwala,
weil er um einen Gefallen bitten will. Mein Vater und
er ziehen sich ins Wohnzimmer zurück und verhan-
deln eine Weile. Mir kommt die Befürchtung, ich
könnte Gegenstand der Verhandlung sein. Diese Befürchtung erweist sich als berechtigt, denn danach
werde ich gerufen und erhalte die verwirrende Anweisung: »Du gehst heute Abend zum Verwalter!«
    »Habe ich denn nicht Hausarrest?«, frage ich.
    »Du wirst da übernachten, in seinem Haus«, teilt
mein Vater verlegen mit.
    In Gegenwart des Besuchers beherrsche ich mich,
obwohl ich innerlich zerstört bin. Doch sowie Florindo gegangen ist, bricht mein Flehen aus mir heraus: »Tu mir das nicht an, Vater. Um Gottes willen,
ich will das nicht …«
    »Du hast nichts zu wollen.«
    »Aber überleg es genau, Ntwangu, bitte«, wirft

meine Mutter ein und nimmt mich überraschend in Schutz. »Dieser Florindo, dieser elende Wurm …«

Mpepe lässt keinen Einwand gelten. Wir sollen still sein. Wissen wir, dass klammheimlich nachts gegen ihn konspiriert wird? Haben wir begriffen, wie isoliert und gefährdet er ist? Dem Verwalter einen Gefallen zu tun sei die beste Möglichkeit, seinen Schutz und Respekt wiederzuerlangen.

Schweigend bereitet meine Mutter mir das Bad, kleidet mich an und kämmt mich. Der Sonnenuntergang deutet sich an, als sie mich zu Florindo Makwalas Residenz bringt. Sie bleibt reglos auf der Straße stehen, sieht zu, wie ich in den Garten gehe, und ruft mich noch: »Das Tuch, mein Kind …«

Sie streicht mir mit der Hand über die Wange, tut so, als ordnete sie mein Haar. Dabei verharrt sie, in ihrem eigenen Tun gefangen. Sie sieht mich lange an, bevor sie sagt: »Sei unbesorgt, Mädchen, du bist sehr hübsch.«

Dann macht sie sich auf den Heimweg. Ich bleibe unschlüssig am Eingang des Gebäudes stehen, vom Verwalter beharrlich als Residenz bezeichnet statt als Haus. Mein Zögern währt nicht lange. Der Verwalter begrüßt mich an der Tür und fordert mich auf, in sein Büro zu gehen. Darin steht ein großes Sofa, er lässt sich sofort darauf nieder, während ich den Blick über die Wände gleiten lasse, wo mir ein riesiger Kalender mit dem Foto einer Chinesin auffällt, die sich lasziv auf einem Autodach räkelt.

»Das Bild von Seiner Exzellenz fehlt, deiner Mutter Hanifa ist beim Putzen das Glas kaputtgegangen. Ich warte auf die Mittel für einen neuen Rahmen ...«

Ich stehe abwartend da, während er in sich versinkt, der Kopf fällt ihm auf die Knie.

»Ich bin so verzweifelt, Mariamar!«

Gleich bricht er in Tränen aus, denke ich. Aus einem mütterlichen Impuls heraus setze ich mich neben ihn, rühre mich aber weiter nicht, wie es sich für eine Person mit meinem Status gehört.

»Gib mir deine Hand«, sagt Florindo.

Unbeholfen und verwirrt strecke ich den Arm aus und spreize die Finger leicht. So verharre ich eine Weile, ohne dass er reagiert.

»Du weißt, warum du hier bist?«

Ich lüge und schüttele schüchtern den Kopf. Ein beißender Geruch raubt mir die Luft. Florindo Makwala nimmt mich an der Hand und führt mich durch den Raum, so wie es alte Ehepaare tun, wenn sie zur Ruhe gehen wollen. Er durchquert einen dunklen Flur, und vor der Tür am Flurende kommt er mit seinem Gesicht näher. Ich weiche ihm abrupt aus, doch er gibt nicht auf und flüstert mir ins Ohr: »Es gibt ein Problem mit meiner Frau Naftalinda.«

Schließlich erklärt er sich. Der Grund, warum ich mich hier befinde, ist also weit entfernt von dem, den ich vermutet habe. Florindos Verzweiflung hat eine völlig andere Ursache. Seine Frau hat sich als Köder für die Löwen angeboten. Er hat versucht, sie davon abzubringen. Vergeblich. Die First Lady hat darauf bestanden, mehrere Nächte draußen nackt im Freien zu schlafen, bis die Löwen angelockt seien und sie verschlängen. Das ist ihre feste Absicht. Es sei denn, er, Florindo, erweist sich als richtiger Mann und bezieht eine klare Position in Zusammenhang mit dem Fall Tandi und vielen anderen Fällen.

»Meine Frau, mein Ein und Alles ...«

Naftalinda schenke ihm weder Blick noch Gehör. Der Verwalter ist in Panik. Naftalinda müsse unbedingt ihre selbstmörderische Absicht ausgeredet werden. Die First Lady würde nur auf jemanden wie mich hören, eine Person, die wie sie in Einsamkeit lebe, dieselbe Sprache spreche wie sie.

»Sind Sie sicher, Herr Verwalter, dass ich die Richtige bin? Bei mir zu Hause heißt es, ich sei gar kein Mensch ...«

Der Verwalter ist felsenfest überzeugt. Naftalinda und ich hätten so viel gemeinsam – wir seien im selben Jahr geboren, seien beide in der Mission zur Schule gegangen, beide dazu verurteilt, keine Kinder zu bekommen, und deshalb sei es unser Schicksal, niemals eine richtige Frau zu sein.

»Geh in dieses Zimmer und sprich mit ihr. Aber merk dir eins: Sprich sie nie mit ihrem alten Namen an. Den mag sie jetzt nicht mehr ...«

Wir in Kulumani bekommen unsere Namen der Zeit und dem Alter entsprechend. Oceanita war Naftalindas erster Name, als sie noch ein Kleinkind war, wegen ihrer dicken Tränen. Wenn sie weinte, flossen Tränen, als käme Hochwasser. Jede Träne war ein Wasserei, das mit lautem Klatschen zu Boden fiel.

Das Mädchen wuchs zur Jugendlichen heran, und ihr Körper vervielfachte seinen Umfang. Besorgt gab die Familie sie in Pater Amorosos Obhut. Für so einen Riesenkörper brauchte sie sicherlich mehrere Seelen. In der Mission haben wir uns kennengelernt. Mein Ziel war es, von der Lähmung geheilt zu werden. Ihr Ziel war es, leichter zu werden. Ich lernte wieder gehen. Sie ist nie leichter geworden. Sie hat zwar den Namen gewechselt, aber sie ist ein für alle Mal dick geblieben. Als wir uns am Eingang zur Mission verabschiedeten, gewahrte ich zum ersten Mal Bitterkeit in ihrem Blick und einen schroffen Ton in ihrer Stimme: »Nenn mich nie mehr Oceanita. Ich heiße jetzt Naftalinda.«

Sie wurde in die Stadt geschickt, und ich habe erst wieder von ihr gehört, als sie vor ein paar Tagen zusammen mit ihrem Mann und meinem Löwenjäger nach Kulumani kam. Seitdem habe ich sie nur von Weitem gesehen, als sie triumphierend die Shitala der Männer stürmte. Für mich war sie noch Oceanita. Und für alle anderen brauchte sie gar keinen Namen. Sie war nur eine Ehefrau, eine ganz besondere Ehefrau. Sie war die Erste Dame eines Dorfes ohne Damen.

Jetzt will die voluminöse Ehefrau des Verwalters nur noch sterben. Mir geht durch den Kopf, dass ihr selbstmörderischer Wunsch letztlich von schierer Großzügigkeit herrührt. Sie ist so üppig, dass die Löwen sich satt fressen und das Dorf für mehrere Monde in Ruhe lassen würden. Oder wollen die Jäger womöglich die Gelegenheit nutzen und den grässlichen Bestien auflauern?

Der Verwalter öffnet ganz behutsam die Tür und

bedeutet mir, allein einzutreten. Ich gehe in das Halbdunkel hinein, geleitet vom Geräusch keuchender
Atemzüge. Es klingt, als fiele die ausgeatmete Luft erschöpft aus ihrer breiten Brust, wie ein verletzter Vogel von einem Steilhang.

Schritt für Schritt erkenne ich Schatten, bis ich
schließlich die Gestalt der First Lady ausmachen
kann. Sie sitzt in einem alten Lehnstuhl, ganz bud-
dhaähnlich, die Finger in zwei Gläser mit Essig ge-
taucht.

»Zum Aufweichen der Fingernägel«, sagt sie, ohne
mich zu begrüßen.

Die Stimme so kratzend wie der Fingernagel am
Glas. Sie merkt nicht, dass ich zusammengezuckt bin.
Ihr Blick lässt nicht von den eigenen Händen ab.

»Ich liebe meine Fingernägel«, sagt sie und pustet
auf ihre Finger. Und fügt hinzu: »Sie sind der einzige
schlanke Teil meines Körpers.«

Der Essiggeruch schürt eine irrationale Angst, die
mich beim Betreten des Hauses befallen hat. Es ist
eine Falle, denke ich schaudernd. Sie will nicht den
Löwen erledigen, sondern mich. Endlich richtet sich
ihr forschender Blick auf mich.

»Ich habe dir verziehen, meine Freundin.«

Nun, nach so vielen Jahren, gesteht sie: Sie hat
mich immer beneidet, um meine schlanke Figur,
meine mandelförmigen Augen. Und der Neid wurde
unerträglich, wenn die Jungen mich huckepack nahmen und mit mir losliefen und mit mir umfielen wie
ein einziger Körper und mit mir wie aus einer Kehle
lachten.

»Wie habe ich dich gehasst, Mariamar! Wie oft habe ich zu Gott gebetet, er möge dich zu sich holen!«

Inzwischen besser an das Licht gewöhnt, betrachte ich sie eingehend. Mein Blick gleicht dem Tasten eines Blinden. Ich sehe Oceanita an, ohne sie je ganz zu sehen. Ihre unsichtbaren Ellbogen, ihre halbmondförmigen Grübchen, ihre Falten und Wülste, sie ist eine ganze Fleischplantage. Dann merke ich, sie wird gereizt, weil ich sie betrachte. Als sie aufzustehen versucht, ist es, als wollte sich ein Stern aus dem Universum lösen.

»Ich helfe dir«, biete ich an.

»Nicht nötig«, wehrt sie energisch ab.

Doch gleich darauf fällt sie zurück, als versagten ihre Knie den Dienst. Und sie stützt sich auf mich wie ein Schiff, das langsam am Kai anlegt. Dieses gemächliche Anlehnen scheint ihr zu gefallen. Ich schiebe sie behutsam weg, trete ein paar Schritte zurück und betrachte sie abermals. Als ich sie vor einigen Tagen von Weitem sah, konnte ich ihren Umfang nicht ermessen. Jetzt stelle ich fest, Naftalinda ist so dick, dass sie selbst im Stehen noch liegt.

Plötzlich hebt die Frau ihren Rock und zeigt mir ihre Scham, worauf ich sofort den Blick abwende. Doch die First Lady bleibt reglos wie eine Statue stehen und präsentiert sich ungeniert.

»Sieh genau hin! Hab keine Angst, wir sind doch beide Frauen. Wie kann ein Mann mich begehren? Wie kann ich Florindo verführen, kannst du mir das sagen?«

»Tu mir das nicht an«, flehe ich.

»Was hat Florindo dir gesagt? Hat er gesagt, ich will mich von den Löwen fressen lassen? Dann hat er nichts kapiert. Ich will vernascht werden, im sexuellen Sinn. Ich will von einem Löwen geschwängert werden.«

Ein Löwe müsste tief graben wie ein Bergarbeiter, bis er an ihren Kern vordringt. Das war ihr geheimer Plan. Ich sehe sie an. Sie hat ein hübsches Gesicht, und sie hat tiefgründige, verträumte Augen.

»Weißt du was, Mariamar? Ich habe Sehnsucht nach unserer Zeit in der Mission. Die Mission war nicht nur ein frommes Haus. Sie war ein ganzes Land. Verstehst du? Wir beide haben im Ausland gelebt. Wir sind weißer als dieser Arcanjo.«

Ich helfe ihr zurück auf den Lehnstuhl und sage, dass ich über Nacht bei ihr bleibe, das Zimmer mit ihr teilen werde wie früher in der Mission.

»Naftalinda?«

»Nenn mich Oceanita …«

»Kann ich in der Ecke hier schlafen?«

»Wo du willst, aber vorher hilf mir hinauszugehen, ich will meinen Traum einlösen.«

»Das kann ich nicht. Ich habe versprochen, dass ich dich nicht hinausgehen lasse.«

»Nur einmal vor die Tür und wieder hinein.«

»Gut, aber nur ganz kurz. Und nur hier, in der Nähe vom Haus.«

Sie nimmt mich an der Hand und führt mich auf das freie Gelände vor der Verwaltung. Alle im Dorf schlafen, aus dem Busch hört man nur den traurigen Ruf des Ziegenmelkers. Naftalinda blickt auf die dunklen Häuser und klagt: »Florindo tut mir leid. Er ist ein Narr. Er glaubt, die Leute verehren ihn. Aber niemand respektiert ihn, niemand liebt ihn.«

Sie geht ein paar Schritte auf die Büsche zu, die das Grundstück einrahmen, wählt einen alten Baumstamm, setzt sich darauf und verharrt wie im Gebet. Naftalinda schläft ein, ich bewache sie aus einiger Entfernung. Allmählich überkommt auch mich der Schlaf, bis im Bruchteil einer Sekunde Chaos und Aufregung ausbrechen. Ein Rascheln im hohen Gras, ein gedämpftes Knurren, ein Schatten, der sich einem Projektil gleich auf Naftalinda stürzt. Wie im Licht eines Blitzes sehe ich, dass eine Löwin sich über ihrem massigen Leib krümmt und beide, fast ein einziger Körper, sich zu einem tödlichen Tanz umarmen.

»Hilfe, die Löwin! Hilfe!«

Schreiend laufe ich Naftalinda zu Hilfe. Die Löwin erschrickt über meinen Angriff. Impulsiv, wie ich es nie für möglich gehalten hätte, wachse ich an Kraft und Größe über mich hinaus und schlage die Löwin in die Flucht. Für Naftalinda wäre es die Gelegenheit, sich zu retten. Doch sie wehrt meine Hilfe ab und läuft erneut los, um sich der Angreiferin auszuliefern. Im Handumdrehen vermischen sich Fingernägel und Klauen, wir wälzen uns alle drei geifernd und stöhnend, brüllend und schreiend. Die Wut verleiht mir doppelte Kraft, ich beiße, kratze, trete um mich. Verblüfft gibt die Löwin schließlich auf. Würdevoll wie eine vom Thron gestoßene Königin zieht sie sich besiegt zurück. Und verschwindet in der Dunkelheit auf der anderen Seite der Straße.

Sekundenlang bleibe ich auf Naftalinda liegen, als plötzlich das Firmament auf meinem Rücken niedergeht. Ein wahnsinniger Schmerz, ich schreie verzweifelt, drehe mich um mich selbst und erhasche mit einem Blick Florindo, der einen Holzprügel über meinem Kopf schwingt, bereit, mir den Todesschlag zu versetzen.

»Ich bin es! Ich bin es, Mariamar!«

Ein Stimmenchor erhebt sich: »Erschlag sie, Florindo! Diese Frau ist die eigentliche Löwin!« Rings um uns sammelt sich das ganze Dorf und verlangt, mich zu lynchen. Naftalinda neben mir ist blutüberströmt. Sie richtet sich auf den Knien auf, hält beschützend die Arme über mich und kreischt gleichsam: »Hände weg von dieser Frau. Hände weg!«

Florindo Makwala, den Holzprügel noch in der Hand, fordert verwirrt die Menge auf, sich zu zerstreuen. Er kniet neben mir nieder und erkundigt sich nach meinem Zustand. Auch seine Stimme scheint zu knien, als er murmelt: »Entschuldige, Mariamar, in der Dunkelheit konnte ich nicht erkennen, dass du es bist.«

Zunächst weichen die Menschen zurück. Doch dann kehrt die anfängliche Erregung zurück, und sie verlangen einstimmig, mich sofort hinzurichten. Und wieder stürmen sie wie von Sinnen heran. Mich überkommt der alte Traum, ich werde sterben, wie ich es immer geträumt habe, auf dem weiten Strand am Boden liegend, Gestalten wie Aasgeier über mir, die meine Seele verschlingen wollen. Und die Tritte und Stöße tun mir nicht mehr weh, ich höre die

Beleidigungen nicht mehr und nehme nicht wahr, dass die Menge sich wie eine Meereswelle auflöst. Wer die erregte Horde vertreibt, ist Florindo Makwala, an Statur und Stimme gewachsen. So vom Erdboden aus betrachtet, ist er gleichsam ein Berg, und sein Befehl klingt wie der eines zornigen Gottes: »Zurück! Zurück mit euch, oder ich bringe euch mit eigenen Händen um.«

Erstaunt betrachtet Naftalinda ihren Mann, als könnte sie ihn nicht wiedererkennen. Dann seufzt sie: »Mein Mann, mein Mann ist wieder der Alte!«

Der Verwalter steht da wie eine bedrohliche Statue, dann sind plötzlich Schüsse zu hören. Zuerst von Weitem. Eine ganze Weile verharren die Menschen wie erstarrt, halb ängstlich, halb erwartungsvoll. Weitere Schüsse folgen, dieses Mal näher. Die Zuschauer laufen zur Straße. Kurz darauf erhebt sich Stimmengewirr, aufgeregt, aber unverständlich. Da kommt bestimmt Arcanjo, denke ich. Der Jäger kommt mich retten, endlich zeigt er sich meinem erschöpften Herzen. Jetzt sind die Rufe deutlich zu verstehen: »Sie haben die Löwen erlegt! Die Löwen sind erlegt!«

Mühsam stehe ich auf und gehe taumelnd in Richtung Straße. Und da ist er, mein Retter! Die Waffe über der Schulter, hebt er sich in der Dunkelheit ab und kommt auf mich zu. Doch dann ist seine Gestalt deutlicher zu erkennen, und ich merke, dass es nicht Arcanjo Baleiro ist. Es ist Maliqueto, der Polizist. Von der Menge umringt, die ihn jubelnd empfängt, hält er in der rechten Hand das blutige Ohr des toten Löwen hoch.

»Diesen Löwen habe ich draußen im Busch erlegt.«

»Aber wir haben Schüsse hier in der Nähe gehört.«

»Das war die andere, die Löwin, die wurde hier auf der Straße erschossen.«

Überschwänglicher Beifall feiert ihn. Niemand merkt, dass Florindo ganz allein seiner verletzten Frau hilft, nach Hause zu gehen. Nur ich habe kein Zuhause mehr, in das ich zurückkehren kann. Nur ich weine auf dem dunklen Boden von Kulumani.

Der fromme Dämon

Aus Knochen und Sonne, nicht aus Leben,
wird die Zeit gemacht. Denn das Leben ist gegen
die Zeit gemacht. Unbegrenzt, zusammengesetzt
aus winzigen Unendlichkeiten.

Den Aufzeichnungen des Schriftstellers
heimlich entnommen

In der Nacht höre ich Schüsse. Am liebsten würde ich Palma verlassen, mich auf den Weg machen und erkunden, ob die Schüsse tatsächlich aus der Gegend um Kulumani kommen, wie mir scheint. Aber ich kann nicht weg, bin fest verankert an dem Ort, wo ich gerade so geliebt habe wie noch nie zuvor. Neben mir schläft die einzige Frau der Welt. Halb entkleidet liegt Luzilia auf dem Bett, als wäre die muffige Pension ihr Palast.

»Wie habe ich mich danach gesehnt, wieder aufzuwachen!«

Luzilia rekelt sich, als würde sie gerade geboren. Seit Stunden beobachte ich sie im schummrigen Pensionszimmer in Palma.

»Beobachtest du mich schon lange?«

»Seit Ewigkeiten.«

»Ich bin aufgewacht, als hätte ich seit Ewigkeiten geschlafen. Und du?«

»Ich habe eben Schüsse gehört. Aus der Richtung von Kulumani. Ich muss gehen.«

Luzilia hat scheinbar nicht zugehört. Sie kleidet sich mit der Muße an, die nur das Glück gewährt.

Dann setzt sie sich wieder und umarmt das Kissen, während sie spricht.

»Ich habe von einer Verrückten geträumt, einer Frau, die als Patientin in meiner Klinik war. Weißt du, was die machte?«

Die Frau sammelte Schmetterlinge, schabte ihnen die Flügel ab und steckte sie in ein Glas. Was sie mit dem Flügelstaub machte? Den schüttete sie in ihr Kopfkissen. Auf diese Weise konnte sie im Schlaf fliegen, sagte sie.

»Dieses Kopfkissen muss voller Flügelstaub sein.«

Der Wagenschlüssel wippt in meiner Hand. Luzilia versteht die Botschaft. Und schlägt vor, ich solle zurück nach Kulumani fahren und sie später abholen. Sie möchte noch etwas schlafen, noch eine Weile Schmetterling auf der Suche nach neuen Flügeln sein.

Palma ist ein kleiner Ort. Wenn dort zwei Autos unterwegs sind, begegnen sie sich zwangsläufig. Um ein Haar stoße ich mit dem Wagen zusammen, in dem Florindo Makwala sitzt. Er lässt das Fenster herunter und fragt, ohne aus dem Jeep auszusteigen, was ich hier tue, fernab vom Dorf.

»Ich habe hier in der Gegend gejagt. Aber dann habe ich Schüsse vom Dorf her gehört.«

»Sie haben die Löwen erlegt. Meine Männer haben die Löwen getötet.«

»Und was macht der Verwalter von Kulumani hier? Müssten Sie nicht mit Ihren Leuten, Ihrem treuen Volk feiern?«

»Naftalinda ist verletzt, ich habe sie ins Kranken-

haus gebracht. Nichts Ernstes, aber man hat sie da-
behalten.«

»Ist sonst noch jemand verletzt?«

»Genito ist tot.«

Genito hat die Löwin erschossen, Maliqueto den
Löwen. Mir, dem letzten Jäger der Welt, bleibt nur,
den Erfolg von infamen Killern festzustellen. Mir,
Arcanjo Baleiro, der sich mit Kugeln auskennt, aber
nicht mit Worten, bleibt nur, den Bericht über das
Geschehen zu verfassen.

Der Verwalter möchte jedoch, dass ich nicht sofort
zum Dorf fahre. Er bittet mich, für ein paar Minuten
in der Klinik vorbeizuschauen. Naftalinda würde sich
sehr freuen, mich zu sehen. Dann könnten wir gemeinsam nach Kulumani zurückkehren.

Die First Lady ist in einem Einzelzimmer untergebracht. Die Laken bedecken ihren mächtigen Körper sehr spärlich. Naftalindas Schulter ist mit einem
großen Verband umwickelt, der an ihr wie ein win-
ziger Stofffetzen wirkt. Sie nimmt meine Hand und
sieht mich mit mütterlichem Blick an: »Ich habe eine
Bitte. Nehmen Sie Mariamar mit nach Maputo.«

»Mariamar?«

»Das ist die letzte Tochter von Hanifa. Nächste
Woche komme ich auch dahin, und dann kümmere
ich mich um sie.«

»Seien Sie unbesorgt, das mache ich.«

»Sie sind ein guter Mensch, Sie erinnern mich an
Raimundo, den Dorfblinden. Sie beide haben etwas
gemeinsam, etwas Geheimnisvolles …«

»Etwas Geheimnisvolles?«

»Dieser Blinde ist die ganze Nacht unterwegs und schläft im Freien, aber die Löwen haben ihn immer verschont. Wissen Sie, warum er nie angegriffen wurde?«

»Ist er etwa einer von den sogenannten Menschen-Löwen?«

»Im Gegenteil. Sie haben ihn verschont, weil er als Einziger im ganzen Dorf ein vollkommen menschlicher Mensch ist. Genau wie Sie, unser Jäger.«

»Und ich auch«, wirft Makwala ein.

»Ja, du auch. Du bist wieder mein Mann geworden, mein Florindo«, sagt sie und dann zu mir gewandt: »Wenn Sie ihn gestern Nacht gesehen hätten ...«

»Ich muss gehen, Dona Naftalinda«, entschuldige ich mich höflich.

»Lassen Sie sich ansehen. Sie sehen so glücklich aus, so jung.«

»Ich habe diese Nacht in guter Gesellschaft verbracht.«

»Genau wie ich. Heute Nacht war ich glücklich, nach so langer Zeit. Trotz der Schmerzen habe ich gut geliebt, gut geschlafen und gut geträumt.«

Naftalinda hat geträumt, dass ihre Mutter sie wieder in den Schlaf wiegte. Aber sie sang auf Portugiesisch, was sie im wirklichen Leben nie getan hat. Alle ihre Schlaflieder hat sie auf Shimakonde gesungen.

»Bis gestern«, sagt sie, »konnten meine Träume nicht mit meinen Erinnerungen sprechen. In dieser Nacht konnten sie es. In dieser Nacht hat mich die Zeit in den Schlaf gewiegt.«

Auf der Rückfahrt gesteht Florindo mir, dass er von seinem Amt zurücktreten will. Er wird wieder als Lehrer arbeiten. Es ist keine Wahl, sondern ein Verzicht.

»Wenn es darum geht, was ich lieber möchte, dann ist es die Politik. Aber mit Naftalinda geht es nicht.« Nach einer Pause fügt er hinzu: »Sie schreiben den Bericht über die Jagdexpedition, ich schreibe die Anzeige gegen diejenigen, die Tandi vergewaltigt haben.«

»Erzählen Sie mir, was mit Genito passiert ist.«

Die Geschichte ist einfach, aber rätselhaft, wie alles, was in Kulumani geschieht. Der Mann ist umgekommen, als er die Löwin an der Straße getötet hat. Dieselbe Löwin, die Naftalinda und Mariamar angegriffen hat.

»Ist Genito überrascht worden?«

Der Verwalter kennt die Einzelheiten nicht. Er weiß aber, dass der Fährtenleser und die Löwin einander umarmend gestorben sind, als hätten sie sich wiedererkannt wie nahe Verwandte.

»Wir hatten Mühe, die beiden voneinander zu trennen. Es sah aus wie eine umgekehrte Geburt. Der Schriftsteller soll sogar geweint haben. Er war nicht in der Lage zu fotografieren.«

Ich stelle mir den Schriftsteller und seine Tränen vor. Bestimmt künstliche Tränen, so wie die Geschichten, die er sich ausgedacht hat. Und dann denke ich, dass die Reise sich für ihn gelohnt hat. Gustavo Regalo weiß jetzt, was ein Löwe ist. Und er weiß nun besser, was ein Mann ist. Er wird nie wieder fragen, warum man auf die Jagd geht. Denn es gibt keine

Antwort. Die Jagd schert sich nicht um Vernunftsargumente, es ist eine Leidenschaft, ein schwindelerregender Rausch.

»Sind Sie traurig, dass nicht Sie die Löwen getötet haben?«, fragt mich Gustavo direkt heraus.

»Ich, traurig?«

»Ich weiß, was Sie mir antworten werden. Dass Sie nicht töten, sondern jagen.«

Ich habe die Nacht mit der Frau meiner Träume verbracht. Wie kann ich da traurig sein? Ja, vielleicht möchte ich jetzt alle Nächte aller Zeiten haben. Ein Jäger ist süchtig nach Wundern. Ein Jäger ist ein frommer Dämon.

Blut einer Raubkatze, Tränen einer Frau

Wenn Spinnen ihre Netze zusammenweben,
können sie einen Löwen fesseln.

Afrikanisches Sprichwort

Ich gestehe jetzt, was ich gleich zu Beginn hätte sagen sollen: Ich wurde nie geboren. Oder vielmehr: Ich bin tot geboren. Noch heute wartet meine Mutter auf meinen ersten Schrei. Nur Frauen wissen, wie sehr im Augenblick der Niederkunft gestorben und geboren wird. Denn es sind nicht zwei Körper, die sich trennen. Es ist das Zerreißen eines einzigen Körpers, eines Körpers, der zwei Leben in sich bewahren wollte. Es ist nicht der physische Schmerz, der in diesem Augenblick der Frau am schlimmsten zusetzt. Es ist ein anderer Schmerz. Es ist ein Teil von dir, der sich ablöst, eine Straße wird geschlagen, die unsere Kinder eins nach dem anderen verschlingt.

Deshalb gibt es kein größeres Leid, als einen leblosen Körper zur Welt zu bringen. Sie haben meiner Mutter dieses Geschöpf in die Arme gelegt und dann alle den Raum verlassen. Es heißt, sie habe gesungen, um mich in den Schlaf zu wiegen, dieselbe Weise, mit der sie die früheren Geburten gefeiert hat. Ein paar Stunden später hat mein Vater meinen gewichtslosen Körper auf den Arm genommen und gesagt: »Wir legen sie am Flussufer zur Ruhe.«

Dort am Wasser begraben sie alle, die keinen Namen haben. Sie haben mich da hingelegt, damit ich für immer in Erinnerung behalte, dass ich nie geboren wurde. Die feuchte Erde nahm mich ebenso liebevoll auf, wie meine Mutter mich in ihren erschöpften Armen gehalten hatte. Ich kann mich an diesen dunklen Schoß erinnern, und ich gestehe, dass ich mich danach genauso sehne wie nach einer fernen Großmutter.

Doch am nächsten Tag merkten sie, dass die Erde auf meinem frischen Grab sich bewegt hatte. Sollte sich ein in der Erde lebendes Tier um meine sterblichen Reste kümmern? Mein Vater wappnete sich mit einem Buschmesser, um sich gegen das Tier zu wehren, das aus dem Erdboden kommen würde. Doch er brauchte die Waffe nicht zu benutzen. Ein kleines Bein ragte aus der Erde und schaukelte wie eine Boje im Meer. Dann kamen die Rippen zum Vorschein, die Schultern, der Kopf. Ich wurde geboren. Das gleiche krampfartige Zittern, das gleiche hilflose Schreien aller Neugeborenen. Ich wurde von dem Leib geboren, der die Steine, die Berge und die Flüsse hervorbringt.

Es heißt, in diesem Moment sei meine Mutter so gealtert, wie sie überhaupt altern konnte. Alt sein heißt Krankheiten erwarten. Hanifa Assulua war eine einzige große Krankheit. Mein Vater sah sich die ernste Miene meiner Mutter an und fragte: »Bin ich also Vater von einem Maulwurf?«

Da legte sich ein merkwürdiges Licht auf mein kleines Gesicht. Und in diesem Augenblick war zu sehen, wie tief meine Augen waren, so tief wie das Wasser des Flusses in der stillen Bucht. Die Anwesenden betrachteten mein Gesicht und konnten die Glut meines Blicks nicht ertragen. Mein Vater stotterte ängstlich: »Diese Augen, ihre Augen …«

In allen kam der Verdacht auf, ich sei kein Menschenwesen. Niemand wagte zu sprechen. Doch schon bald stellte meine Mutter fest, in meinen hellen Augen schimmerte eine zweite, eine ferne Seele durch. In ihrer einsamen Traurigkeit fragte sie sich, warum meine Augen so gelb waren, fast sonnenfarben. Hatte man je solche Augen bei einem schwarzen Menschen gesehen? Vielleicht waren meine Augen so leuchtend geworden, weil sie so lange in der unterirdischen Dunkelheit gesucht hatten.

Die Finsternis, sagt man, ist das Reich der Toten. Das stimmt nicht. So wie das Licht existiert auch die Dunkelheit nur für die Lebenden. Die Toten, die leben im Dämmerlicht, in jener Fuge zwischen Tag und Nacht, wo die Zeit sich in sich selbst zusammenrollt.

Wer im Dunkeln lebt, erfindet sich Lichter. Diese Lichter sind Menschen, Stimmen, älter als die Zeit. Mein Licht hatte immer einen Namen: Adjiru Kapitamoro. Mein Großvater hat mich gelehrt, die Dunkelheit nicht zu fürchten. Denn in der Dunkelheit würde ich meine nächtliche Seele entdecken. Tatsächlich hat mir das Dunkel offenbart, was ich seit jeher gewesen bin: eine Löwin. Ja, das bin ich, eine Löwin in einem menschlichen Körper. Meine Gestalt war die eines Menschen, doch mein Leben sollte eine langsame Metamorphose sein, die Füße sich in Tatzen verwandeln, die Nägel in Klauen, das Haar in eine Mähne, das Kinn in ein Maul. Die Verwandlung hat diese ganze Zeit über gedauert. Sie hätte schneller vonstattengehen können. Doch ich war an meinen Ursprung gebunden. Und ich habe eine Mutter gehabt, die nur für mich gesungen hat. Ihr Wiegenlied hat meine Kindheit beschützt und das Tier in mir zurückgehalten.

Aber nach und nach veränderte sich etwas in unserem Haus. So wie es die Löwinnen halten, wurde auch ich meinem Schicksal überlassen. Allmählich wandte Hanifa sich von mir ab, ohne Schuldgefühl, ohne ein tröstendes Wort. Als hätte sie begriffen, dass ich nur zufällig in ihrem Leib gewohnt habe und in ihrem Leben vorhanden war.

Nach dem Kampf mit der Löwin gehe ich mit schmerzendem Rücken und aufgerissenen Armen nach Hause. Ich zeige mich nicht meiner Mutter. Sie wird mich nicht versorgen. Zuflucht suchen kann ich nur noch bei mir selbst. Ich mache es wie Tiere, wenn sie verletzt sind, ich kauere mich gleich einem Fötus zusammen. Als ich schon zwischen Wachsein und Schlaf schwebe, erscheint Großvater Adjiru vor mir. Es ist keine Vision. Er ist es, mein Großvater. Er sitzt auf der Veranda, auf einer Matte. Das war seit jeher sein Thron.

»Willst du nicht hereinkommen?«, frage ich.

»Gewartet wird hier draußen, auf der Veranda«, antwortet er.

Ich will seine Hand nehmen, er wehrt mich ab. Ihn stützten schon andere Hände, erklärt er. Dann bittet er mich, ihm zuzuhören. Ich müsse einige Wahrheiten über mein Dasein erfahren. Er holt tief Luft, als wüsste er, dass ihm nur ein kurzer Moment bleibt, dann spricht er in einem Zug. Dies sind die Worte von Adjiru Kapitamoro:

»Vielleicht glaubst du, meine liebe Enkelin, du seist kein Mensch. Es gibt Visionen, die dich heimsuchen, Wahnvorstellungen, die dich auf immer verfolgen werden. Aber schenk diesen Stimmen keinen Glauben. Es war das Leben, das dir dein Menschsein geraubt hat. Man hat dich so sehr wie ein Tier behandelt, dass du dich selbst für ein Tier gehalten hast. Aber du bist eine Frau, Mariamar. An Körper und Seele eine Frau. Und mehr noch: Du, Mariamar, kannst Mutter werden. Dass du eine sterile, unfruchtbare Frau seist, habe ich in die Welt gesetzt. Ich habe mir diese Unwahrheit ausgedacht, damit sich kein Mann aus Kulumani für dich interessiert. Auf diese Weise würdest du allein bleiben, würdest von hier weggehen und in der Ferne neue Wurzeln schlagen können, Kinder mit einem Mann haben, der dich wie eine Frau behandelt. Diesen Mann hast du gefunden. Der Mann ist zurückgekehrt. Ich selbst habe ihn nach Kulumani geholt. Wie ich das gemacht habe? Wie holt man wohl einen Jäger? Ich habe Löwen fabriziert, und diese Löwen sind im ganzen Land berühmt geworden. Dies ist mein Geheimnis: Ich bin kein Maskenschnitzer, wie die Leute glaubten. Ich bin ein Löwenfabrikant. Nicht weil ich ein Zauberkundiger wäre, sondern weil ich nach meinem Tod ein Gott geworden bin. Und deshalb kenne ich die

Lügen der Vergangenheit und die Täuschungen der Zukunft. Bald schon wirst du, meine Enkelin, wieder meine Mariamar Mpepe sein. Weit weg von Kulumani, weit weg von der Vergangenheit, weit weg von deiner Angst. Weit weg von dir selbst.«

Mit geschlossenen Augen lausche ich Adjirus langer Rede und verstehe, was er beabsichtigt. Er will meine Gesellschaft nicht verlieren. Der einzige Gott, der mir geblieben ist, braucht mich mehr als ich ihn. Deshalb beharrt er darauf, dass alles in meinem Dasein richtig war. Ich war ein Mensch, Tochter von Menschen. So einsam und scheu, voller Zweifel an meiner Natur, war ich geworden, weil ich in meiner Kindheit so schlecht behandelt worden war.

Ich öffne die Augen nur, um mich zu vergewissern, dass Adjiru nicht mehr da ist. Ich atme tief ein und höre in meinem Innern eine andere Stimme. Und diese Stimme redet wieder auf mich ein. Es gibt keinen Adjiru, es gibt keine fabrizierten Löwen, es gibt keine Götter, die unsere Vergangenheit zurechtrücken. Die Wahrheit lautet ganz anders. Nicht das Leben hat mich deformiert. Frau zu sein ist mir schon von Geburt an verwehrt. Ich habe die Welt der Menschen nur besucht, um es ihnen besser vergelten zu können. Es war kein Zufall, dass mir die Beine versagt haben. Das Tier in mir verlangte nach einer anderen, mehr katzenhaften Haltung, näher dem Erdboden und näher den Gerüchen. Es ist auch kein Zufall, dass ich unfruchtbar bin. Mein Leib ist von anderem Fleisch, ich bestehe aus vertauschten Seelen.

Adjirus Erscheinen ist für mich schon weit weg, als ich mich an diesem frühen Morgen auf den Weg zu der toten Löwin mache. An der Straße nach Palma liegt die Löwin auf der roten Sandböschung, als ruhte sie nur aus. Es ist dieselbe Löwin, die Naftalinda angefallen hat, dieselbe, mit der ich gekämpft habe. Wäre nicht der Blutfleck unterhalb des Schulterblatts, würde kein Mensch sie für tot halten. Sie haben den Polizisten Maliqueto zum Bewachen der Trophäe dagelassen. Um zu verhindern, dass Zauberkundige ihr Fleisch stehlen. Zauberkundige, Hyänen und Aasgeier sind die Einzigen, die Löwenfleisch essen. Den Schaulustigen ist es langweilig geworden, nur Maliqueto hält neben den sterblichen Überresten Wache.

Ohne den Polizisten zu beachten, lasse ich mich vor der Raubkatze fallen. Ich betrachte ihre offenen Augen, die hängende Zunge, als wäre sie lediglich erschöpft und durstig. Ich ziehe meine Kleidung aus und lege mich vollkommen nackt neben die Löwin, den Kopf auf ihrem erstarrten Körper. Vielleicht kann ich noch ihren Herzschlag hören? Zu spät, ich höre nur das Pochen in meiner eigenen Brust.

Maliqueto sieht mich halb ängstlich, halb befremdet an. Dann blickt er wieder zu Boden und sagt: »Sie haben den Leichnam deines Vaters erst vor Kurzem abgeholt.«

»Meines Vaters?«

»Ja. Genito Mpepe ist tot. Die Löwin hat ihn getötet. Wusstest du das nicht?«

Ich antworte nicht. Ich kann nicht sagen, was ich

empfinde. Vielleicht gar nichts. Oder vielleicht hat dieser Tod schon vor langer Zeit in mir stattgefunden.

»Es war sehr merkwürdig«, fährt der Polizist fort. »Dein Vater war sich der Gefahr scheinbar nicht bewusst. Er ist unbewaffnet auf die Löwin zugegangen, angeblich hat er sogar zu ihr gesprochen.«

Genito hat zu der Löwin gesprochen? An dieser Geschichte klingt für mich etwas falsch. Doch habe ich schon vor langer Zeit aufgegeben, in dieser Welt nach Wahrheit zu suchen. Ich will sprechen. Eine unverständliche Grabesstimme kommt aus meiner Kehle. Maliqueto fragt erschrocken: »Was hast du gesagt?«

Ich habe nichts gesagt. Als ich versuche, es deutlicher zu wiederholen, stelle ich fest, dass ich die Fähigkeit zu sprechen erneut verloren habe. Dieses Mal jedoch ist es anders. Von nun an wird es keine Wörter mehr geben. Dies sind meine allerletzten Worte, das Letzte von mir Geschriebene. Und was ich hier hinterlasse, ist mit dem Blut eines Tieres und den Tränen einer Frau geschrieben. Ich bin es, die diese Frauen eine nach der anderen getötet hat. Ich bin die rächende Löwin. Mein Schwur gilt auch weiterhin, ohne Unterlass und mit aller Kraft. Ich werde alle noch vorhandenen Frauen beseitigen, bis es in dieser maroden Welt nur noch Männer gibt, eine Wüste voll einsamer Männer. Ohne Frauen, ohne Kinder, so wird die Menschheit enden.

Ein vom Feuer verzehrtes Streichholz, so sehe ich die Zukunft. Der Himmel wird es dem Beispiel der Menschheit gleichtun, er wird so unfruchtbar verdorren wie ich. Und kein Fluss wird an seinen Ufern die toten Körper von Kindern aufnehmen. Denn es werden keine Kinder mehr geboren. Niemand mehr wird unter dem Licht der Sonne geboren, solange die Götter nicht wieder zu Frauen geworden sind.

Heute Abend breche ich mit den Löwen auf. Von diesem Tag an werden die Dörfer vor meinem heiseren Klagen erzittern und die Nachteulen sich vor Angst in Tagvögel verwandeln.

Diese Prophezeiung wird für die Leute aus Kulumani als Bestätigung dafür gelten, dass ich verrückt bin. Dass ich so geworden bin, weil ich mich so weit von meinen Göttern entfernt habe, jenen, die Wolken bringen und dafür sorgen, dass diese sich in Regen ergießen. Dass mir der Verstand abhandengekommen ist, weil ich mich von der Tradition und den Vorfahren abgewandt habe, die in unserem Dorf die Ruhe hüten. Doch ich gehorche nur meiner Bestimmung. Ich werde mich meiner zweiten Seele anschließen. Und nie wieder wird mich ein Schuldgefühl belasten so wie damals, als ich zum ersten Mal getötet habe. Damals war ich noch zu sehr Mensch. Ich litt an der Menschenkrankheit, die man Gewissen nennt. Inzwischen kenne ich keine Gewissensbisse mehr. Denn genau genommen habe ich nie jemanden wirklich getötet. Alle diese Frauen waren schon tot. Sie sprachen nicht, sie dachten nicht, sie liebten nicht, sie träumten nicht. Was war ihr Leben wert, wenn sie nicht glücklich sein durften?

Aus dem gleichen Grund habe ich vor Jahren meine kleinen Schwestern getötet. Ich habe die Zwillinge ertränkt. Alle glauben, es sei ein Bootsunfall gewesen, doch ich habe das Boot beschädigt und auf die Meereswellen hinaustreiben lassen. Es war besser, dass die Mädchen nie groß geworden sind. Denn sie hätten sich nur unter Schmerz, Blut und Tränen lebendig gefühlt. Bis sie irgendwann auf Knien ihren eigenen Peiniger um Vergebung gebeten hätten. So wie ich es alle diese Jahre mit Genito Mpepe getan habe.

Ich war es, die Silência in dieser verhängnisvollen Nacht dem Tod zugeführt hat. Sie war meine Schwester, meine Freundin. Mehr als das, sie war mein zweites Ich. Doch von ihrer Seite aus war Eifersucht ein tief verwurzeltes Hindernis. Silência wollte immer ich sein, sie wollte erleben, was ich erlebte, lieben, wen ich liebte. Meine Schwester hat sich immer meine Träume zu eigen gemacht. So war es auch mit dem Jäger Baleiro. Ich habe sehr bald bereut, dass ich ihr von meinen Treffen mit dem Fremden erzählt habe. Denn sie warf mir vor, ich hätte die Sache umgedreht, so als gehörte die Geschichte zu ihr. Im Grunde war es Eifersucht, was sie quälte. Denn sie besaß nicht die Kraft, sich für sich selbst ein anderes Leben auszudenken. Sie ist vor Angst gestorben. Deshalb fand kein Sterben statt, als ihr Leben endete.

Ich komme zum Ende. Jedes Ende ist ein Anfang, hat Adjiru Kapitamoro immer gesagt. Aber dieses Ende nicht. Dies ist das Ende von allem, das Einstürzen auch der allerletzten Himmel. Nur einen Wunsch habe ich mir nicht erfüllt. Ich wollte noch einmal das Meer sehen. Vielleicht sucht mich deshalb, als ich spüre, dass ich in meinen letzten Menschenschlaf sinke, derselbe Traum heim. Das Meer brandet, Gischtvögel flattern durch die Luft, und Arcanjo Baleiro erwacht dieses Mal aus dem Schlaf der Ertrunkenen und führt mich weit weg von Kulumani, an jenen Ort, wo Fata Morganen zu Hause sind und Reisen beginnen.

Blumen für die Lebenden

Ich habe geräumige Zufluchtsorte aufgesucht.
Doch Schatten fand ich nur im Wort.

Aufzeichnungen des Schriftstellers

Florindo Makwala führt mich zu dem toten Löwen, als ginge es um eine Besichtigung meines eigenen Versagens. Ich habe keinen der Löwen erlegt. Mein Bruder Rolando kann beruhigt sein. Dies war nicht meine letzte Jagd. Es war überhaupt keine Jagd. Und meine Mutter, wo immer sie sein mag, kann stolz auf ihre Prophezeiung sein. Die Jagd und ich, unsere Wege haben sich getrennt.

Wir wollen noch Gustavo Regalo abholen. Ich treffe ihn wie üblich über seinen Papieren an.

»Lassen Sie Ihre Arbeit liegen, wir fahren zum erlegten Löwen.«

»Es ist nicht meine Arbeit, ich sehe mir Ihr Tagebuch noch einmal an.«

»Lohnt sich das?«

»Hören Sie, ich bin Schriftsteller, ich kann das beurteilen. Wer so schreibt, braucht nicht zu jagen.«

Ich spüre einen Kloß im Hals. Gustavo ahnt nicht, was diese Auszeichnung für mich bedeutet. Ein kleiner Brief war der Beginn meiner Geschichte mit Luzilia. Briefe haben meinen Vater dazu gebracht, vor seiner unzureichend geliebten Frau niederzuknien.

Neid war das, was ich gegenüber Rolando empfand, wenn er zu Hause blieb und wie ein Herrscher inmitten von Büchern saß. Ich war immer der, der sich draußen im Busch herumtrieb. Und nun schenkte Gustavo mir ein Zuhause. Vielleicht deshalb will ich ihm mein altes Gewehr schenken. Gustavo lehnt ab. Und ich frage: »Ich dachte, wir wollten tauschen? Sie jagen, und ich schreibe.«

»Sie haben mir das gegeben, worum es vor der Jagd geht.«

Dann fahren wir los, den Löwen betrachten, die Trophäe dieses so verlustreichen Krieges. Der Jeep legt langsam eine kurze Strecke zurück, dann bleibt er an einer Anhöhe stehen. Wortlos steigen wir aus und gehen zu Fuß einen Pfad am Fluss entlang. Es ist früh am Tag, die Tauperlen glänzen noch auf dem Gras und in den Spinnweben. Den Fotoapparat vor der Brust baumelnd, geht der Schriftsteller hinter mir. Dornen kratzen mich an Armen und Beinen. Ich hinterlasse eine Blutspur. Ich bin ein Jäger, der mehr blutet als sein Opfer.

»Wer hat diesen Löwen erlegt?«, erkundigt sich Gustavo.

»Maliqueto«, antwortet Makwala, der uns vorausgeht. »Die Löwin, die Naftalinda angefallen hat, die hat Genito Mpepe erschossen.«

Die Löwin war an der Straße getötet worden. Inzwischen hatte man sie schon ins Dorf gebracht, wo sie als Beweis für die erfolgreiche Jagd gezeigt werden sollte. Jetzt fehlte noch der Löwe, ein imposantes Exemplar. Deshalb bat der Verwalter, nicht die Löwin, sondern den Löwen zu fotografieren, sein Bild würde in den Nachrichtensendungen des Landes mehr hermachen.

Ein Stück weiter, neben einem Gebüsch, liegt der Löwe. So lang gestreckt, wie nur eine Raubkatze sich strecken kann. Er hat jede majestätische Würde verloren. Am meisten beeindrucken mich die Zecken, die an seiner Schnauze saugen. Sobald sie den bitteren Geschmack des Todes spüren, lassen sie sich fallen wie überreife graue Erbsen. Ich bin hergekommen, um den Löwen zu sehen, den König des Urwalds, und lasse mich von unbedeutenden Parasiten faszinieren. Ich male mir aus, wie eine von diesen Zecken immer größer anschwillt, bis sie platzt wie eine Blutgranate und das ganze Szenarium rot färbt.

»Fotografieren Sie mich zusammen mit der Trophäe«, verlangt der Verwalter, geht in Positur und setzt stolz einen Fuß auf den Löwen. Eine Illusion, die ich ihm aber nicht nehme: Was dort liegt, ist kein Löwe mehr. Es ist ein leerer Balg. Nicht mehr als eine abgelegte Hülle, ein mit Nichts ausgestopftes Fell.

Ich gehe zu Hanifa Assulua. Bis zu Genitos Beerdigung werde ich nicht bleiben. Aber ich möchte wenigstens mein Beileid bekunden. Außerdem habe ich den Auftrag, ihre Tochter mitzunehmen, die einzige, die noch lebt.

Bevor ich das Grundstück betrete, pflücke ich ein paar Feldblumen. Ich möchte nicht mit leeren Händen kommen. Während ich kniend zwischen Gräsern suche, erschreckt mich Hanifas Stimme: »Noch einmal Blumen?«

Ich will erklären, dass die Blumen für Genito bestimmt sind. Aber die Witwe geht mit flinken Schritten voraus und ist nicht bereit, mir zuzuhören. Als wir den Schatten unter dem Vordach erreichen, bietet sie mir einen Stuhl an und setzt sich auf die Matte. Schweigend lässt sie sich von schwarz gekleideten Nachbarinnen umringen. Ich finde keine Worte, um über den Toten zu sprechen. Deshalb überreiche ich ihr die Blumen mit einer kurzen Erklärung.

»Die sind für Genito. Blumen, wenn es keine Worte gibt.«

»Was soll man machen? Man lebt, ohne darum gebeten zu haben, und stirbt ohne Erlaubnis.«

»Es tut mir leid, dass es so gekommen ist.«

»Nicht dass ich jetzt Witwe bin, tut weh. Witwe bin ich schon seit langer Zeit«, sagt sie nüchtern.

Was ihr Sorgen macht, ist ihre Tochter Mariamar. Sie ist krank, und in Kulumani kann sie niemand behandeln.

»Ich habe die Papiere vom Krankenhaus, die bestätigen, dass sie in die Klinik muss. Meine Tochter ist verrückt geworden.«

»Ich habe mit dem Verwalter gesprochen. Ich nehme sie mit. Und Sie bleiben dann hier allein?«

»Ich habe Gräber, um die ich mich kümmern muss.«

»Ihre Tochter wird zu Besuch kommen.«

»Mariamar kann nicht zurückkommen. Nie mehr.

Sie würde von den Lebenden umgebracht und von den Toten verfolgt werden.«

Hanifa geht ins Haus und kehrt kurz darauf mit einem Mädchen am Arm zurück.

»Das ist meine Tochter.«

Das Mädchen ist in eine Capulana gewickelt, die ihr Gesicht halb bedeckt. Sie bewegt sich mit staksigen Schritten, als wäre sie nicht aus Fleisch und Blut. In einer Hand hält sie ein Heft, auf dessen Deckel *Tagebuch von Mariamar* steht. Als ihr Blick meinem begegnet, trifft es mich wie ein Schlag. Plötzlich versetzen mich diese honigfarbenen Augen in eine Vergangenheit, die ich für längst verblasst hielt. Ich wende den Blick ab, ich bin Jäger, ich weiß, wie man Fallen entgeht. Diese Augen mit all ihrem Licht verdunkeln die Welt. Aber es ist eine gute Dunkelheit, ein sanftes Wegdämmern wie in der Kindheit. Mariamars Augen sind so hell, dass sie mir etwas zurückgeben, was ich, ohne es zu wissen, vor langer Zeit verloren hatte.

Jetzt spreche ich sie an, als nähme ich eine unterbrochene Unterhaltung wieder auf, und fast versagt mir die Stimme, als ich frage: »Nimmst du nur dieses Heft mit, hast du keinen Koffer mit Kleidern?«

»Sie spricht nicht«, mischt sich die Mutter ein. »Seit gestern spricht sie nicht mehr.«

Mariamar zeigt gestikulierend auf das Heft. Ihr Stammeln erinnert mich an Rolando, meinen armen Bruder, sein Leben lang hatte er eine so enge Beziehung zu Wörtern, und nun hat er selbst zum einfachsten Wortschatz keinen Zugang mehr. Das Mädchen mit den Honigaugen fuchtelt mit den Armen, die Capulana öffnet sich gleichsam zu Flügeln, und die Mutter übersetzt: »Sie sagt, andere Kleider als dieses Heft hat sie nicht.«

Ich trete ein Stück beiseite, lasse den beiden Zeit, damit sie, Hanifa und Mariamar, sich richtig verabschieden können. Aber es gibt keinen Abschied. Eine Hand, die lange in der anderen Hand ruht, das ist das Einzige, was Mutter und Tochter einander sagen. Aber das Verweilen hat einen Grund, der mir beinah entgeht. Die Mutter lässt eine Art Kette unauffällig in die Hand der Tochter gleiten.

»Ich schenke auch gern Ketten«, sage ich.

»Das ist keine Kette«, stellt Hanifa richtig. »Was ich Mariamar mitgebe, ist unsere alte Zeitschnur. Alle Frauen aus unserer Familie haben an dieser langen Schnur die Monate ihrer Schwangerschaft abgezählt.«

Mariamar ist über das Geschenk gerührt. Ein Schatten umspielt ihre Augen, sie lässt das Heft fallen. Als es halb geöffnet auf dem Boden liegt, kann ich lesen, was auf der ersten Seite steht: »Gott war einmal eine Frau …« Ich lächele. In diesem Augenblick bin ich von lauter Göttinnen umringt. Auf beiden Seiten des Abschieds, diesem Bruch zwischen zwei Welten, sind es Frauen, die meine zerrissene Geschichte zusammenfügen. Ich blicke hinauf zu den Wolken, die sich gebeugt und schwerfällig bewegen wie alle Schwangeren. Bald wird es regnen. In Palma erwartet mich die Frau, auf die ich mein Leben lang gewartet habe.

Als wir schon eingestiegen sind – Mariamar sitzt neben mir –, verabschiede ich mich unbeholfen.

»Auf Wiedersehen, Hanifa.«

»Haben Sie die Löwen gezählt?«

»Seit dem Tag meiner Ankunft weiß ich, wie viele es sind.«

»Sie wissen, wie viele es sind. Aber nicht, wer sie sind.«

»Da haben Sie recht. Das werde ich nie lernen.«

»Sie wissen es ganz genau. Es waren drei Löwen. Einer fehlt noch.«

Ich blicke in die Runde, als wollte ich die Umgebung kontrollieren. Es wird das letzte Mal sein, dass ich Kulumani sehe. Es wird das letzte Mal sein, dass ich diese Frau höre. Mit dem Respekt, der den allerletzten Dingen gebührt, flüstert Hanifa Assulua: »Ich bin die letzte Löwin. Und dieses Geheimnis kennen nur Sie, Arcanjo Baleiro.«

»Warum sagen Sie mir das, Dona Hanifa?«

»Das ist mein Geständnis. Das ist die Zeitschnur, die ich in Ihre Hände lege.«

INHALT

MIA COUTO

Mia Couto wurde 1955 in Beira, Mosambik, als Sohn portugiesischer Einwanderer geboren. Sein eigentlicher Name lautet Antonio Emilio Leite Couto – Mia ist sein literarisches Pseudonym. Als Zweijähriger nannte er sich selbst so, weil er am liebsten mit Katzen spielte. Die Liebe zu den Tieren ist geblieben, und so ist der Name eine Hommage an sie und an seine Kindheit.

Coutos frühe Lebensjahre waren vom Kontrast zwischen Europa und Afrika geprägt. Zu Hause wurde ihm die portugiesische Kultur vermittelt, auf den staubigen Straßen spielte er mit afrikanischen Kindern und lernte ihren Alltag kennen. Die Hafenstadt Beira, wohin er bis heute regelmäßig zurückkehrt, wurde für ihn zum Schmelzpunkt der beiden Traditionen und zur Inspirationsquelle seines Werks.

Mit achtzehn Jahren zog Couto in die Hauptstadt Maputo, um Medizin zu studieren. Gleichzeitig begann er, sich als Journalist für das Ende der portugiesischen Kolonialherrschaft zu engagieren, und trat der nationalen Befreiungsbewegung bei. Nach Ausrufung der Unabhängigkeit wurde er mit nur zwanzig Jahren Leiter der staatlichen Nachrichtenagentur AIM und arbeitete in den kommenden zehn Jahren, die von nationaler Identitätssuche und Bürgerkrieg geprägt waren, als Journalist. Die Pressearbeit wurde zu Coutos Lebensschule: Täglich wurde er Zeuge von Geschichten und Schicksalen, die er weitererzählen wollte. Der Journalismus öffnete ihm aber auch die Augen für die Diskrepanz zwischen der Realität und der in den Medien kolportierten Wirklichkeit. Dies bestärkte ihn, einen neuen journalistischen Stil zu entwickeln, der sich nicht mehr am Tagesgeschehen orientierte, sondern über persönliche Erlebnisse und Berichte einen Beitrag zur nationalen Identitätsfindung leistete. So entstanden zahlreiche Reportagen, die er in *Tempo,* der größten Tageszeitung Mosambiks, und im Wochenblatt *Notícias de Maputo* veröffentlichte.

1985 wandte Couto sich ganz vom Journalismus ab und begann sein Biologiestudium. »Ich bin auch eine seriöse Person, nicht nur Schriftsteller«, scherzt er, wenn man ihn nach seinem Beruf fragt. Heute lehrt er an der Universität und leitet eine von ihm gegründete Firma, die sich mit ökologischen Fragen und Umweltforschung beschäftigt. Als Biologe und Schriftsteller führt Couto zwei Leben, die sich gegenseitig inspirieren. Die biologischen Feldforschungen bieten ihm reichen Stoff für seine Romane, während sein schriftstellerisches Gespür ihm hilft, immer wieder neue Fragen an seine Umwelt zu stellen.

Misstrauen gegenüber dem Gegebenen und der Mut, es zu hinterfragen, prägen auch Coutos Umgang mit dem Portugiesischen. Nach dem Ende der Kolonialherrschaft stand nicht nur das Land, sondern auch die Sprache vor einem Umbruch, was den

Schriftstellern die Freiheit gab, mit ihr zu experimentieren. Couto möchte vermeiden, einem literarischen Standard zu verfallen und Gefangener seiner Schreibgewohnheiten zu werden. Immer aufs Neue versucht er, sich selbst und seine Leser mit sprachlichen Neuschöpfungen und ungewohnten Bildern zu überraschen. »Mia Couto geht mit der Sprache um wie mit Lehm und formt sie seinen Bedürfnissen entsprechend«, schreibt Henning Mankell über ihn. »Seine Arbeit als Autor macht die mosambikanische Sprache eigenständiger, formbewusster, eigenwilliger.«

Coutos Romane und Erzählungen sind vom Alltag der einfachen Leute in Mosambik und der mündlichen Überlieferung ihrer Geschichten geprägt. Seit seiner ersten Sammlung von Novellen, *Vozes anoitecidas* (1986), bilden sie den Kosmos seines literarischen Werks. Seine Bücher wurden in zwanzig Sprachen übersetzt und international mehrfach ausgezeichnet. Den bisher größten Erfolg feierte Couto 1992 mit dem Roman *Das schlafwandelnde Land,* der als eines der wichtigsten Bücher Afrikas gilt und von der portugiesischen Regisseurin Teresa Prata verfilmt wurde. 1998 wurde Couto als erster portugiesischsprachiger Schriftsteller Afrikas in die Academia Brasileira de Letras aufgenommen. 2013 erhielt er den Prémio Camões, einen der wichtigsten Preise der portugiesischsprachigen Literatur. 2014 wurde er mit dem renommierten Neustadt International Prize for Literature ausgezeichnet. Das Jurymitglied Gabriella Ghermandi würdigt ihn als »Robin Hood der Wörter«, der mit seiner Sprache afrikanische Gegebenheiten über alle Sprachgrenzen hinaus zugänglich macht.

Trotz seiner internationalen Ausstrahlung sieht sich Couto als afrikanischer Autor. Mankell erkennt den Grund dafür vor allem in seiner Erzählweise. Sie ist nicht linear, sondern gründet auf einer »Formel der Träume«: »Die geträumten Geschichten sind verworren, chaotisch, längst Verstorbene kommen darin vor, als ob sie lebendig wären, ich selbst kann älter oder jünger sein, als ich wirklich bin. Die Welt des Traums ist absurd und oft surreal, aber nichtsdestoweniger wahr und voller Komik und Tragik.«

DIE ÜBERSETZERIN

Karin von Schweder-Schreiner, geboren 1943 in Posen, hat in Deutschland und Portugal studiert und mehrere Jahre in Brasilien gelebt. Zu den von ihr übersetzten Autoren aus dem portugiesischen Sprachraum zählen Jorge Amado, Chico Buarque, Antonio Callado, Bernardo Carvalho, Mia Couto, Rubem Fonseca, Lídia Jorge und Moacyr Scliar. Ihre Arbeit wurde mehrfach ausgezeichnet, u. a. mit dem Internationalen Übersetzerpreis des brasilianischen Kulturministeriums (1994) und dem Albatros-Preis der Günter Grass Stiftung Bremen (2006).

Mia Couto im Unionsverlag

Unter dem Frangipanibaum

In Mosambik stoßen verschiedene Welten aufeinander: die politische Vergangenheit des ehemaligen Koloniallandes, die Konflikte der Gegenwart und zeitlose, mythische und magische Geschichten. In einem Altersheim in der Provinz, wo ein Todesfall aufgeklärt werden soll, versucht Inspektor Izidine Naíta Klarheit in dem Gespinst der geheimnisvollen Aussagen der Bewohner zu gewinnen. Im Schatten des Frangipanibaums auf der Terrasse über dem Meer lauscht er allabendlich ihren merkwürdigen Geschichten.

»Wie selten finden sich solche Bücher, deren Seiten man mehrmals liest, um keine Facette der Wortgemälde zu übersehen, um jede Nuance ihres Geschmacks auszukosten. Mia Coutos Roman ist ein literarisches Meisterwerk.« *Jan Groh, Die Welt*

Das schlafwandelnde Land

In einem ausgebrannten Autobus quer zur Straße richten sich der alte Tuahir und der junge Muidinga ein. Die beiden erzählen einander ihre Erlebnisse, und Muidinga liest dem Alten aus dem Tagebuch vor, das sie im Gepäck eines Toten am Straßenrand fanden. Zwischen Tuahir, Muidinga und dem Schreiber entfaltet sich ein Geschichtenzyklus voller Wunder und Überraschungen. Inmitten von Grausamkeit und Zerfall haben sie sich ihre Träume, ihre Zärtlichkeit und Liebe bewahrt.

»Wegen seiner atmosphärisch dichten Sprache und des aus dem magischen Realismus vertrauten Verschmelzens von Fantasie und Realität gilt *Das schlafwandelnde Land* als einer der besten portugiesischsprachigen Romane seiner Zeit.« *Manfred Loimeier, Frankfurter Rundschau*

Mehr über Autor und Werk auf *www.unionsverlag.com*